Titus Müller

Tanz mit mir, Aurelia

Titus Müller

Tanz mit mir, *Aurelia*

Erzählung

adeo

John

Zum ersten Mal sah ich sie Anfang Dezember. Ich kam aus dem Haus des Saitenmachers. Er bezahlt gut, aber ich gehe nicht gern hin. Der Saitenmacher und seine Lehrlinge verfertigen aus dem Darm von Schafen dünne Stränge, die auf Violinen und Cellos gespannt werden oder Spinnräder und andere kleine Maschinen wie Bohrer oder Drehbänke antreiben. Dazu schaben sie den Darm mit stumpfen Messern ab und waschen ihn in Pottaschelauge aus, um das Fett abzulösen. Aus der Werkstatt dringt immer ein grausiger Gestank von Fäulnis.

Ich freute mich auf die Erholung danach: den Besuch beim Graveur, einem neuen Kunden, auf dessen Haus ich neugierig war. Seine Frau hatte mich an der öffentlichen Wasserpumpe in Cornhill angesprochen, anscheinend waren sie mit ihrem bisherigen Wasserträger nicht zufrieden.

Das Wasser schwappte über, als ich beim Graveur die Eimer absetzte. Ich entschuldigte mich. Aber es war nur eine

Dienstmagd in der Küche, groß gewachsen und dürr, die mich neugierig musterte. Die Regale und Küchenschränke waren mit blauem Papier ausgelegt, wie in vielen Küchen, weil man davon ausgeht, dass Fliegen kein Blau mögen, sicher hatten sie hier im Sommer auch blaue Blumen in den Küchenfenstern. Feuerschein spiegelte sich im polierten Kupfer der Töpfe.

»Du bist neu«, sagte sie. Ihr Gesicht glänzte von Schweiß. Sie sah aus wie dreißig, war aber bestimmt jünger; harte Arbeit gibt Menschen häufig ein verbrauchtes Aussehen. Hinter ihr köchelte Eintopf im Kessel. Es duftete verführerisch. Sie trocknete sich die Hände an der Schürze ab.

»Ich bringe jetzt immer das Wasser«, sagte ich. »Hat die Herrin nicht Bescheid gegeben?«

»Die Herrin kümmert sich hier nicht um viel.«

»Aber sie hat mich herbestellt.«

»Kann schon sein.« Sie nahm den ersten meiner Eimer und entleerte ihn in einen hohen Krug. Auf den zweiten deutete sie bloß und sagte: »In die Zisterne draußen.«

»Sei doch froh«, sagte ich und hob den vollen Eimer an, »so hast du weniger Ärger hier.«

Sie verzog abschätzig den Mund. »Tja, aber ich krieg bloß drei Pfund im Jahr. Wie ein einfaches Stubenmädchen.«

Ich trug den Eimer hinaus. Der Hinterausgang mündete in einen kleinen Garten. Jetzt im Herbst war er braun und grau, doch schon der windschiefe Zaun, hinter dem die Beete der Nachbarn begannen, verzauberte mich. Ein Garten, mitten in der Stadt. Ohne lästige Hühner, die alles zu Schlamm zerscharrten.

Ich entleerte den Eimer in die Zisterne, kehrte in die Küche zurück und sagte: »Ich werde gleich in die Hand bezahlt.« Hier würde ich auf keinen Fall Rückstände akzeptieren.

Die Hagere schüttelte den Kopf. »Von mir kriegst du nichts. Am Ende ziehen sie es mir vom Lohn ab.«

»Ihr seid nicht gerade um die Ecke von Cornhill.« Ich zeigte ihr die roten Henkelstriemen an meinen Fingern. »Umsonst hab ich den Weg nicht gemacht.«

»Wenn dich die Herrin beauftragt hat, soll sie dich auch bezahlen. Geh hoch und rede selbst mit ihr.«

Unschlüssig stand ich da. Wenn ich aufdringlich erschien, verlor ich womöglich den Auftrag. Es konnte klug sein, die erste Woche das Wasser zu bringen, ohne nach dem Lohn zu fragen, und erst nächste Woche nachzuhaken.

Andererseits weckte ich damit womöglich den Eindruck, dass man bei mir sparen konnte, was mir in diesem Haus nicht ratsam schien. Ich sagte: »Die Eimer lass ich kurz bei dir.«

Mit der gleichen Selbstverständlichkeit, mit der sie während unseres ganzen Wortwechsels nicht ein einziges Mal die Arbeit unterbrochen hatte, kniete sie jetzt neben der Feuerstelle und schichtete Holz auf.

Ich stellte die Eimer ab, spuckte in die Hand und fuhr mir durch das Haar, um es zu bändigen. Dann stieg ich die Treppe hoch.

In der Wohnung lagen Teppiche auf dem Holzboden. Ein Virginal, ein kleines Cembalo, wirkte wie ein bizarres Möbelstück aus einer zukünftigen Zeit. Auf einem frei an der Wand angebrachtem Hängeregal standen Bücher. Jeder Schritt auf den weichen Teppichen kam mir verboten vor. Ich rief leise. Niemand antwortete.

Ein Gemälde an der Wand zeigte die Brücke über die Themse und einen Teil Londons. Ich hörte einen eigenartigen Schrei und erstarrte. Eine Weile wagte ich nicht, zu atmen. Dann fragte ich leise: »Brauchen Sie Hilfe?«

Ich schlich in den nächsten Raum und sah mich einem vergoldeten Käfig gegenüber, der mir von der Hüfte bis über den Kopf reichte. Darin saß ein kobaltblauer Vogel mit gewaltigem gebogenem Schnabel und einem grellgelben Strich um die Augen. Er spreizte die Flügel, öffnete den Schnabel und krächzte schrill.

Verunsichert wich ich einen Schritt zurück.

Eine Stimme hinter mir sagte: »Gleich wird er die Käfigtür aufstoßen und Jagd auf dich machen.«

Ich drehte mich um und sah mich einer jungen Frau gegenüber. Ihre schneeblauen Augen blitzten spöttisch. Das Gesicht war blass, die Haut fein wie die einer Prinzessin, der Mund rot wie Himbeeren. Braunes, leicht gelocktes Haar fiel ihr auf die Schultern. Sie war vollkommen ungeschminkt, was mich überraschte, und dabei auf unaufdringliche Weise hübsch.

»Ich hab Wasser hergetragen«, sagte ich. »Dafür hätte ich gern einen Farthing.«

»Das Wasser gab es doch umsonst an der Pumpe.«

»Wenn mich keiner bezahlt, komm ich morgen nicht wieder.«

Sie wandte sich zum Tisch um, zog die Schublade heraus und entnahm ihr eine kleine Blechdose. Die öffnete sie und reichte mir einen Viertelpfennig.

Als ich die Münze nahm, berührten mich leicht ihre Fingerspitzen.

Sie räumte die Blechdose weg. »Lass dir nicht einfallen, uns zu bestehlen.«

So dachte sie von mir? »Gott würde es sehen«, beeilte ich mich zu sagen.

Sie lachte hell auf. Bevor sie ging, drehte sie sich noch einmal zu mir um und knickste, als wäre ich ein hochgestellter Mann und sie ein kleines Mädchen. Im Fortgehen, sie war schon im Nebenzimmer, hörte ich sie sagen: »Es gibt viele, die das wenig kümmert.«

Mit weichen Knien stieg ich die Treppe hinunter. Das Dienstmädchen war dazu übergegangen, Silberbesteck zu waschen. Es nahm gerade einen Silberlöffel aus der Schüssel mit grauem Seifenwasser und begann, mit etwas Salz und Essig die Flecken darauf wegzurubbeln. Ich sah zu. In Gedanken war ich noch im Obergeschoss.

»Stimmt etwas nicht?«, fragte sie.

»Ich überlege.«

»Wie du an dein Geld kommst?«

»Nein. Ich wurde bezahlt.«

Verblüfft blickte sie auf. »Das ging leicht.«

Ich nickte.

Sie rieb den Löffel mit einer mattweißen Paste von Kalk und Essig ein und legte ihn ans Feuer, damit die Paste trocknete. Von dort nahm sie einen anderen, der bereits getrocknet war, um ihn mit einem warmen Leinentuch zu polieren. »Was überlegst du dann?« Das Silber blinkte im Feuerschein.

»Der Vogel da oben, über den denke ich nach.« In Wahrheit fragte ich mich, ob ich lieber absagen und nicht wieder herkommen sollte. So etwas konnte nicht gut enden.

»Ein Papagei aus Brasilien. Als gäb's nicht genug Münder zu füllen.«

Das Gespräch mit der Dienstmagd interessierte mich plötzlich, weil sie die Dienstmagd der jungen Frau da oben war. Ich fühlte körperlich die Schritte des Mädchens im Obergeschoss. So süß konnte also der Weg zur Hölle sein.

»Ich bin Betty«, sagte die Dienstmagd.

Sie musste missverstanden haben, dass ich noch geblieben war. »John«, sagte ich.

Ließ sich die Sache nicht auch als Übung verstehen? So wie meine Arme kräftiger wurden mit jedem Jahr, das ich als Wasserträger arbeitete, würde auch meine Fähigkeit wachsen, der Sünde zu widerstehen, wenn ich mich an den Begegnungen mit dem Mädchen im Obergeschoss schulte.

Ein jämmerlicher Versuch, mir die Sache zurechtzubiegen.

Betty lächelte mich an. Ihre Zähne standen schief, aber das Lächeln war warm und herzlich. »Du bist eigenartig. Das gefällt mir.«

Als ich am nächsten Tag mit den Wassereimern kam, drang aus dem Haus Musik: sanfte, feine Klänge, von vielen Saiten gezupft.

»Aurelia spielt das Virginal«, begrüßte mich Betty. »Hübsch anzuhören, oder?«

Ich schüttete den einen Eimer in den Krug und schleppte den anderen nach draußen und ließ auf dem Weg beiläufig fallen: »Wer ist das, Aurelia?«

»Die Tochter des Hauses.«

Der Name sank in mich ein wie geschmolzenes Gold und legte sich um meine brennenden Eingeweide. Ich entleerte den Eimer, dann fragte ich Betty nach dem Farthing.

»Tut mir leid«, sagte sie. »Die junge Herrin wollte mir kein Geld für dich geben.«

Da. Es begann. Zweifellos war sich Aurelia ihrer Wirkung auf mich bewusst. Jetzt wollte sie mich zu ihrem Bewunderer machen, ich sollte ihr Gespiele werden, und die Wahrheit war, sie hätte mich in der Hand, wie Wachs wäre ich für sie. Das würde sie genießen, um sich dann in Kürze meiner wieder zu entledigen. »Ich geh da nicht hoch«, sagte ich. Dann bekam ich den Lohn eben morgen. Ich verließ das Haus. Auf der Straße hielt ich den Kopf aufrecht, auch wenn die Klänge des Virginals aus dem Haus leise nach mir riefen.

Aurelia

O Mistris Myne« und die Fantasia in C von William Byrd machten ihr heute besondere Freude. Sie spielte »The Maydens Song« und anschließend einen Tanz, den Byrd »Hornpipe« genannt hatte, dann nahm sie die Finger von den Tasten und lauschte. War der Wasserträger immer noch nicht gekommen? Oder wagte er sich nur nicht nach oben?

Sie spielte eine kleine Melodie, dann ließ sie das Instrument schweigen und sah zum Fenster. Gedankenverloren strich sie mit den Fingern über die glatt geschliffenen Tasten aus Tierknochen. Was wollte sie denn von dem Burschen? Ein Unsinn war das.

Mit einem Seufzer stand sie auf und schloss den Deckel des Virginals. Als sie die Treppe hinunterkam, warf ihr das Dienstmädchen einen schwer zu deutenden Blick zu. Sie ignorierte ihn und öffnete leise die Tür zu Vaters Werkstatt.

Vater hob nicht den Kopf an seiner Werkbank, er kannte die leisen Schritte seiner Tochter, unzählige Male hatte sie sich zu ihm hineingeschlichen, früher als kleines Mädchen, nun als Erwachsene. Aurelia spürte die Andacht, mit der er sich seiner Arbeit widmete. Ach, in den glücklichen Jahren, wie herrlich war es gewesen, wenn er über dem Wappen einer Stadt oder einer berühmten Universität gesessen hatte, wenn er das Siegel einer bischöflichen Kanzlei schnitt oder die Römischen Zahlen auf das Zifferblatt einer Uhr stach. Diese Zärtlichkeit, mit der Vater die Radiernadel hielt und eine Zeichnung in ein Werkstück ritzte, wie er mit dem schlanken Grabstichel behutsam den Span aus der goldenen Fläche heraushob und anschließend den scharfen Grat mit einem Schaber entfernte! Er liebte jedes Werkstück, er behandelte es mit einer Hingabe und Sorgfalt, dass es eine Freude war, ihm zuzusehen.

Aber solche Aufträge waren selten geworden. Woran arbeitete er heute? Sie spähte ihm über die Schulter. Entzückt sah sie, dass er eine Säbelklinge mit einem Sternenhimmel verzierte. »Ist das ein Auftrag?«

»Eine Fingerübung. Ich will nicht aus der Übung geraten.«

Eine Fingerübung bloß. Neben ihm auf der Werkbank lag ein kleines Häuflein Mantelknöpfe aus Horn. »Und die da?«

Er schüttelte den Kopf. »Eine gelangweilte Viehhändlersgattin hat ein paar geschmacklose Ornamente aufs Papier geworfen, mit denen ich die Knöpfe verzieren soll.«

Früher hätte er würdelose Aufgaben wie diese an einen Lehrling delegiert. Aber er hatte keine Lehrlinge mehr. Vater schuf Vögel, Schiffe, Bäume; er sah einem Menschen ins Gesicht und brachte das Antlitz mit einem Diamantschreiber auf Glas. Seine Gold- und Silberarbeiten waren berühmt gewesen, er machte aus einem blanken Stück Metall ein bezauberndes Kunstwerk.

»Ihr müsst wieder einmal aus dem Haus gehen«, sagte sie. »Nehmt Euch eine Leihkutsche zum Hyde Park. Die Herbstluft dort ist herrlich.«

Schweigend arbeitete er weiter und sagte schließlich: »Glaubst du, ich habe Lust, mir die Scheiben der Kutsche mit Steinen einwerfen zu lassen? Ich habe nicht das Geld, sie zu ersetzen.«

»Dann nehmt eben eine kleine Droschke ohne Scheiben.«

»Und was, wenn der Kutscher mit denen gemeinsame Sache macht? Wenn er mich in eine dunkle Gasse fährt und dort verprügeln sie mich?«

Der Einwand war nicht von der Hand zu weisen. Seit man ihnen zweimal die Auslagen auf dem Ladentisch zertrümmert hatte, öffnete Vater die Werkstatt nicht mehr, er ließ die Bretterwand geschlossen, die man an Scharnieren hoch- und hinunterklappte, um einen Auslagentisch am Straßenrand zu formen.

»Aber Ihr könnt Euch nicht für den Rest Eures Lebens hier verstecken.«

»Das Leben, das ich geführt habe, gibt es nicht mehr. Der König ist ein Gefangener in Hampton Court. Wer es nicht mehr ins Ausland geschafft hat von unseren Freunden, sitzt in Ketten im Tower oder in Newgate. Und die paar wenigen, die unentdeckt in London leben, müssen sich versteckt halten wie ich. Wen sollte ich also besuchen?«

»Es muss ja nicht für immer so bleiben.«

»Cromwells Armee ist stark, Aurelia. Eine spanische Invasion, die den König rettet, kann ich mir nicht wünschen, das gäbe nur ein weiteres furchtbares Blutvergießen. Und die Schotten werden ihn auch nicht wieder auf den Thron setzen. Das Zeitalter der englischen Könige ist vorbei. Eine barbarische Zeit ist angebrochen.«

Wenn Vaters traurige, samtmatte Augen doch wieder mit Leben erfüllt wären! Sie sah es, er war am Ende. Der Krieg hatte seine Welt zerstört und die neue Welt wollte ihn nicht haben. Niemand verlangte nach kunstvollen Gravuren, die Puritaner hielten ihre Taschenuhren schlicht, ein lederüberzogenes Gehäuse war bereits das Äußerste. Verzierte Geldbörsen, Siegelringe, Kistchen und Spiegelfassungen waren nicht mehr gefragt – keiner wollte dabei ertappt werden, sich an irdischen Genüssen zu erfreuen.

Stumm legte sie ihm die Hand auf den Arm. Er legte seine Hand auf ihre.

»Ich lege Euch noch ein paar Scheite auf«, sagte sie. »Ihr sollt nicht frieren bei der Arbeit.«

»Das ist lieb gemeint von dir, aber ich will das Holz sparen. Wir werden auf Seekohle umsteigen müssen. Je länger ich hier noch ohne den Kohlestaub arbeiten kann, desto besser.«

Es würde ein langer, dunkler Winter werden. Sie seufzte. »Ist schon recht, Vater.«

Nichts war recht. Sie musste etwas unternehmen. Irgendwie musste es ihr gelingen, die Freude in Vater wieder aufzutauen, die in seiner Brust gefroren war.

John

Ich wappnete mich innerlich, bevor ich nach oben ging, um mir meinen Lohn abzuholen. Als mir Aurelia den Farthing gab, schaffte ich es sogar, Abneigung ihr gegenüber zu empfinden. Ich hielt mir den Wohlstand der Familie vor Augen, der sicher nicht rechtmäßig erworben war. Tausende litten Hunger in London. Die Folgen des Krieges waren überall zu spüren: Waisen und Halbwaisen standen bettelnd am Straßenrand und froren, junge Kerle wie ich heuerten aus Verzweiflung wegen ihres ständig knurrenden Magens auf Schiffen an, alte Mütterchen waren tagaus, tagein dem fauligen Rauch der Seifenmacher und Leimkocher ausgesetzt. Mancher Handwerksmeister musste, um seiner hungernden Familie etwas zu essen zu kaufen, Teile seines Werkzeugs ins Leihhaus bringen, in der Hoffnung, dass er es später wieder auslösen konnte, mit einem Zins von sechs Prozent und mehr.

Der Graveur und seine hübsche Tochter verschlossen die Augen davor, dass wir die drittgrößte Stadt der Welt hinter

Paris und Konstantinopel waren, dreihunderttausend Menschen in einem dichten Häusermeer, und die Bewohner darin nicht länger satt kriegten. Eine neue gesetzliche Verordnung verlangte, dass man seinen Müll mittwochs und samstags in Körben vor die Tür stellte, damit die Armen ihn durchsuchen konnten. Ich selbst hatte in schwachen Stunden schon in den Abfällen anderer Leute gewühlt.

Mit Wut im Bauch verließ ich Aurelias Haus und kehrte nach Cornhill zurück, um mit meinen leeren Eimern anzustehen hinter einfachen Leuten und anderen Wasserverkäufern. Das Dach der öffentlichen Wasserpumpe war nicht bloß die Schutzhülle für die Steigrohre, es beschirmte einen regelrechten Versammlungsort.

Ich beschloss, meine übliche Runde zu ändern und als Nächstes zu Eleanor zu gehen, als Widerpart zu Aurelia. Zwei Kunden habe ich, denen erlasse ich das Geld. Eleanor ist uralt, sie könnte unmöglich selbst das Wasser in ihr Haus schleppen, und bezahlen kann sie mich auch nicht. Sie schafft mit Mühe und der Unterstützung der Nachbarn die Jahresmiete. Manchmal glaube ich, sie ernährt sich bloß von Luft und Erinnerungen. Ab und zu wird eine Schale Grütze dabei sein, aber ein Leben ist das nicht mehr.

Ganz in der Nähe lebt Joane Slowe. Sie hat vier kleine Kinder, und ihr Mann ist bei der Schlacht von Naseby umgekommen. Ich hab ihr selbst angeboten, ihr jeden zweiten Tag kostenfrei Wasser zu bringen. Selbst wenn sie mal ausruht, wenn ich gerade ankomme, ärgert mich das nicht. Ich weiß, dass sie vom Morgengrauen bis spät abends auf den Beinen ist, um über die Runden zu kommen.

Ich schleppte also meine Eimer an Frauen mit Milchkannen und an Messerschleifern vorüber. Ein Quacksalber rief: »Ich heile Pocken, Lethargie, Fleckfieber, Würmer, Zahnweh, Husten und Liebeskummer!« Ich machte einen Bogen um drei dampfende Pferdeäpfel, sah wieder hoch und blieb abrupt stehen. Ich hatte das Lachen meines Bruders gehört. Keine zwei Menschen auf der Welt lachen gleich. Ich musste nicht lange meinen Blick schweifen lassen, schon entdeckte ich ihn in der Menschenmenge.

Acht Jahre hatte ich Oliver nicht gesehen. Er war mit zwölf vom Waisenhaus »Christ's Hospital« direkt auf ein Schiff gegangen, um als Schiffsjunge anzuheuern.

Er schielte ein wenig, so wie früher, und besaß immer noch einen fülligen, fast weibischen Mund. Sein Körper aber war der eines Mannes geworden. Die breiten Schultern beeindruckten mich.

Was suchte er in London? Als Jahr um Jahr kein Schiff ihn wiedergebracht hatte, war ich davon ausgegangen, dass er in die Kolonien nach Übersee gegangen war. Der Blick, den er mit einem abgerissenen Eckensteher wechselte, gefiel mir nicht. Sie folgten mit einem Abstand von einigen Schritten einem jungen Kerl mit Reisebündel, der die Auslagen jedes Händlers betrachtete, ohne etwas zu kaufen – sicher einer vom Land, der nach London gekommen war, um als Dienstbote Fuß zu fassen und sich allmählich hochzuarbeiten. Er würde heute Abend ohne Bündel dastehen, mit einem zerschundenen Gesicht und Schrammen und blauen Flecken am ganzen Körper, wenn ich nichts unternahm.

Ich trat in den Laden eines Eisenwarenhändlers, stellte meine Eimer ab und rief: »Ich komm gleich wieder!« Dann eilte ich die Straße hinunter.

Mein Bruder und der Hagere hatten den Landjungen fast erreicht. »Oliver, bist du das?«, sagte ich und rührte ihn von hinten an.

Mein Bruder blieb stehen und wandte sich um. »John.« Feindselig musterte er mich.

Auch der Hagere ließ vom Landjungen ab und kam zurück. »Wer ist das?«

»Mein Bruder.« Oliver spuckte auf den Boden. »Bist groß geworden. Aber du hast immer noch nichts auf den Rippen.«

»Vater ist tot«, sagte ich.

Es war nicht zu erkennen, ob die Nachricht Oliver irgendwie berührte. Aus ihm war ich noch nie schlau geworden.

Ich sagte: »Dass er Stimmen gehört hat, weißt du, oder? Vom Suff.«

Wieder schwieg er.

Aus dem Augenwinkel sah ich, dass der Landjunge sich weiter entfernte. »Ist schlimmer geworden, nachdem du weg warst. Er war ein paar Jahre im ›Bedlam‹.« So nannten wir St. Mary of Bethlehem, Englands einziges Hospital für Verrückte. »Dann ist er abgehauen. Hat sich noch ein letztes

Mal volllaufen lassen und ist im Rausch in die Themse gestürzt.«

Ich weiß, dass meine Brüder es nicht so gut hatten wie ich. Onkel Nehemiah hat nur mich aufgenommen, den Jüngsten. Oliver, Peter und Vincent kamen ins Waisenhaus. In der Schule haben wir uns noch gesehen, bis sie einer nach dem anderen die Schule verließen. Oliver heuerte als Schiffsjunge an, Peter begann eine Lehre als Leimsieder, Vincent kam bei einem Kaminkehrer unter. Das Lehrgeld für Peter und Vince zahlte die Stadt. Ich habe Vince noch ein paar Mal gesehen mit dem langstieligen Reisigbesen über der Schulter.

»Hast du Geld?« Oliver musterte mich.

Ich zog mein Beutelchen hervor.

Er wartete nicht, bis ich es geöffnet hatte, sondern riss es mir aus der Hand und sah selbst hinein.

Ich kann nicht sagen, dass ich meinen Bruder hasse. Manchmal, wenn Vater unsere Mutter schlug und ich vor Furcht zitterte, hat er mich getröstet. »Ich pass auf dich auf«, hat er dann gesagt und versucht, mir die Augen zuzuhalten, damit ich nicht zusehen musste. Ich habe trotzdem durch seine Finger geblinzelt, nur die Geräusche zu hören, ohne hinzusehen, wären für mich noch schlimmer gewesen – aber dass er für mich da war, hat mir damals viel bedeutet.

Ohne ein Wort wandten die beiden sich ab und zogen weiter, mit meinem Geldbeutel.

»Ich schenk's euch«, rief ich ihnen nach. »Ihr könnt das Geld haben.«

Sie reagierten nicht darauf.

Sieben Viertelpfennige waren im Geldbeutel. Davon würden sie sich einen Brotlaib und ein Pfund billigen Käse kaufen oder fünf Heringe oder sie tranken jeder ein dünnes Bier. Wahrscheinlich Letzteres.

Onkel Nehemiah wird mich schon nicht hungern lassen, sagte ich mir. Das Geld zu verlieren, schmerzte mich. Zugleich empfand ich es wie eine Art später Wiedergutmachung, eine ausgleichende Gerechtigkeit.

Ich kehrte in den Eisenwarenladen zurück und holte meine Eimer. Der Ladeninhaber schimpfte, was das solle, hier einfach Zeug abzustellen.

Geld entscheidet über alles. Wenn man genug davon hat, kann man sich sogar einen Adelstitel kaufen. Für tausend Pfund wird man in den Stand eines Baronets versetzt. Klar, das ist niederer Adel, damit sitzt man nicht im House of Lords. Aber selbst in den Hochadel schafft man es mit Geld. Es heißt, man muss tausend Pfund im Jahr durch seine Ländereien verdienen – der Landbesitz ist denen im Hochadel immer sehr wichtig. Über die Hälfte der Adligen im House of Lords sollen auf diese Weise an ihre Titel herangekommen sein. Also werden wir gar nicht durch namhafte, alteingesessene Familien regiert, sondern durch das Geld. Den einen fließt es zu, die anderen gehen leer aus. Wodurch entscheidet sich, zu welcher Gruppe man gehört?

Geld sammelt sich bei den Tüchtigen, sagt Onkel Nehemiah, und Gottes Segen zeigt sich dadurch. Das ist ein Widerspruch, finde ich. Gesagt habe ich es nicht, bei Glaubensthemen ist er empfindlich. Die Wohlhabenden wie Aurelia – sind sie tüchtiger als ich? Gebildeter, ja, aber tüchtiger? Und ganz unabhängig davon, warum segnet sie Gott mehr?

Selbst nach dem Tod gibt es noch Unterschiede. Die Reichen werden in der Kirche beigesetzt (am meisten kosten die Plätze ganz vorn, die an den Seiten kosten weniger, als würden die Toten weiterhin der Messe lauschen und würden gern vorne sitzen), die Wohlhabenden landen nach dem Tod immerhin noch neben der Kirche und für uns Arme gibt es bloß Friedhöfe außerhalb. Da bezahlt man nichts als den Totengräber, sechs Pence kostet seine Arbeit, die Grabstelle ist kostenlos auf dem New Churchyard außerhalb von Bishopsgate. Sie schubsen uns noch als Leichen weiter weg von Jesus. Ich hoffe, dass das nach der Auferstehung einmal endet.

Ich beendete meine Runde, stundenlanges mühsames Geschleppe, und kehrte nach getaner Arbeit heim. Onkel Nehemiahs Haus steht in einer Nebenstraße des Leadenhall Market, wo die Bleihändler und Gerber ihre Geschäfte haben, weit genug weg von den wichtigen Straßen wie Cornhill oder Gracechurch Street, um nicht teuer zu sein. Leadenhall Market dient als Fleischmarkt. Ausschließlich Rindfleisch wird dort verkauft, eigentlich mittwochs und samstags von fünf Uhr in der Früh bis fünf Uhr am Abend, aber jetzt im Winter von acht Uhr bis drei am Nachmittag. Die ersten zwei Stunden sind immer für die Hausfrauen und die Küchenmägde reserviert, danach dürfen auch die Straßenhändler auf den

Markt, um Fleisch einzukaufen, das sie dann den Tag über in Londons Straßen verscherbeln. Wenn ich heimkehre, ist meist nichts Gutes mehr im Angebot, nur noch Reststücke, die unter lautem Rufen verramscht werden.

Ich fand Onkel Nehemiah in der Werkstatt. Er hatte eine Feile auf dem Hauamboss und hielt sie mit dem Lederriemen fest, den er mit beiden Füßen spannte. Noch war der Stahl glatt, aber er verpasste ihm mit feinen Hammerschlägen Einschnitte, bei der Spitze fing er an, einen Querschnitt nach dem anderen, von oben nach unten, bis zur Angel runter. Ich wartete. Der Unterhieb war fertig, er setzte den Kreuzhieb auf, wieder Einschnitt für Einschnitt durch Schläge mit dem Meißel.

Anfangs hatte ich nicht mehr in die Werkstatt gehen wollen. Sie erinnerte mich an Wochen der Niederlagen. Der Blick, den Onkel Nehemiah auf meine vermurksten Feilen warf, als hätte ich einen Hund erwürgt! Nach ein paar Wochen gab er die Sache auf. Ich habe ein Gespräch zwischen ihm und Tante Mercy belauscht, in dem er sagte, er habe noch nie einen so untalentierten Lehrling gehabt wie mich.

Inzwischen meide ich die Werkstatt nicht mehr, jedes Mal, wenn ich sie betrete, tut es weniger weh, als würde ich eine Hornhaut entwickeln an der entsprechenden Stelle des Herzens. Ich fragte: »Warum habt Ihr damals nur mich aufgenommen und nicht auch meine Brüder?«

Nehemiah setzte einen weiteren Hieb. »Ich habe Jahre auf diese Frage gewartet.«

Es musste wie ein Vorwurf klingen, und dazu hatte ich beileibe nicht das Recht, bei allem Guten, was er mir getan hatte.

»Du warst noch jung und formbar. Das Versagen deiner Eltern hat euch alle sehr mitgenommen. Bei deinen Brüdern … Es war zu viel kaputt. Außerdem, wie hätten wir euch sattbekommen sollen, drei sehnige Jungs, die von Jahr zu Jahr größer und hungriger werden?«

Tante Mercy trat mit Kehrschaufel und Besen in die Werkstatt. »Irgendwie wär's schon gegangen«, sagte sie. Offenbar hatte sie genug vom Gespräch mitbekommen, um sich denken zu können, worum es ging.

Die Lehrlinge arbeiteten weiter, sie beugten sich tief über ihre Werkstücke.

»Nein, das wäre es nicht«, sagte Nehemiah. Er stellte die Feile und das Werkzeug weg und wandte sich an mich. »Warum fragst du? Warum heute?«

»Ich hab Oliver getroffen.«

»Wie geht es ihm?«

»Wir haben nicht viel geredet.«

Mercy sah mich eigenartig an, und als wir wenig später oben am Esstisch saßen, die drei Lehrlinge, Nehemiah, Mercy und ich, und der Onkel so ausführlich betete, dass ich fürchtete, die Fischsuppe würde kalt werden, meinte ich, erneut ihren Blick zu spüren. Endlich sprach er das »Amen« und wir begannen zu löffeln.

Ich gehöre zur guten Seite. Zu denen, die für das Parlament gekämpft haben, nicht für den König. Zu denen, die gläubig sind und für ein gottgefälliges Leben voller Güte eintreten. Die drei Lehrlinge am Tisch waren Puritaner, so wie ich einer geworden war, als mich Onkel Nehemiah und Tante Mercy in ihre Familie aufgenommen hatten. Wir waren uns immer einig gewesen im Haus, nicht in den Kleinigkeiten, aber darin, wie wir die Welt sahen. Heute fühlte ich mich fremd in der Runde. Etwas in mir begehrte auf. »Müssten wir nicht für alle da sein?«, fragte ich. »Nicht bloß für die, die unserer Meinung sind?«

Der Onkel sah verärgert von seiner Suppe auf.

»Ich will nicht undankbar sein«, sagte ich. »Wirklich, ich bin heilfroh, dass Ihr mich aufgenommen habt. Ihr hattet ja damals sogar fünf Lehrlinge, die mussten genauso versorgt werden. Aber ich meine, was wir als Bekenner tun, müsste das nicht allen zugutekommen? Wir unterstützen die Witwen und die Armen unter uns Frommen, aber wie viel haben wir übrig für die Nicht-Frommen?«

»Es gibt schon genug Arme unter uns«, versuchte Tante Mercy zu schlichten. »Wir können nicht allen helfen.«

Onkel Nehemiah legte den Löffel ab. »Such dir gottesfürchtige Freunde, John, auf die kannst du dich verlassen. Verwandtschaft oder Nachbarschaft werden versagen, aber Gnade und Glauben werden niemals versagen. Mit manchen meiner Freunde im Herrn bin ich näher verbunden als mit meinen Eltern, dabei leben sie zwölf Meilen weit weg. Aber sie würden mich jederzeit bei sich aufnehmen.«

Einer der Lehrlinge brummte eine Bestätigung. Die anderen musterten mich schadenfroh. Sie wollten wissen, wie dieses Kräftemessen ausging, oder sie wussten es bereits, wollten aber Zeuge meiner Strafe sein. Der Onkel kann ziemlich aus der Haut fahren, wenn man ihm dumm kommt, oder er redet tagelang kein Wort mehr mit einem.

»Außerdem können die Ungläubigen jederzeit zu uns kommen«, sagte Nehemiah. »Sie wissen, wo wir sind. Und wir sind lange genug von ihnen verfolgt worden. Die können froh sein, dass wir ihnen vergeben haben und nicht auf Rache sinnen.«

Es ärgerte mich, dass er die anderen als ungläubig bezeichnete, nur weil sie im Gottesdienst zu Orgelmusik sangen. Ich bevorzugte die Einteilung in Fromme und Nicht-Fromme, die aber ebenfalls glaubten. »Tut doch nicht so, als wären nur die anderen Sünder. Auch wir sündigen, Onkel.«

Jetzt legte auch Mercy den Löffel ab. Mir schien, dass im Raum alle die Luft anhielten, bis auf den Onkel, der schnaufend einatmete. Er sagte: »Wir haben keine Freude daran zu sündigen, sondern sind voller Reue und lernen aus jedem Fehler, um beim nächsten Mal stärker zu sein. Wir rühren an die Sünde. Sie dagegen fallen hinein und bleiben darin liegen. Ein Auserwählter kann nie aus Gottes Gnade fallen.«

»Und darauf seid Ihr stolz.«

Der Onkel schlug mit der flachen Hand auf den Tisch. »Es reicht!« Eine ungesunde Röte war auf seine Wangen getreten, und ich sah, wie die Schlagader an seinem Hals pochte. »Diese Leute haben uns täglich drangsaliert, als sie noch an der Macht waren. Bei unseren Gottesdiensten wurden wir in Massen verhaftet und auf dem Weg zum Gefängnis behandelt wie Vieh. George Bastwick ist im Stadtgefängnis gestorben, die Haynes wurden enteignet, weil sie die hohe Strafzahlung nicht entrichten konnten. Dagegen ist unser Umgang mit den Ungläubigen heute ein Akt der Barmherzigkeit.«

Es war still im Zimmer. Tante Mercy sagte leise: »Entschuldige dich bei deinem Onkel, John.«

»Tut mir leid«, sagte ich, ohne es wirklich zu meinen. Wie ich es hasste, wenn er zu predigen anfing. Ging es um Glaubensdinge, konnte er nie eine einfache, klare Antwort geben, immer musste es in ein Kanzelwort ausarten. Das Schlimmste war, dass ich ihm zum Teil recht geben musste, ich konnte seine Argumente nicht vom Tisch fegen.

Nachts lag ich im Bett und starrte in die Dunkelheit des Zimmers. Ich hörte die Atemzüge von Onkel und Tante, und so dankbar ich früher über meinen Bettkasten gewesen war, der tagsüber unter ihr Bett geschoben wurde, heute störte es mich, darin zu liegen wie ein Hund auf dem Bettvorleger, quasi zu Füßen der Herrschaften, und ich wünschte, stattdessen bei den Lehrlingen in der Dachkammer untergebracht zu sein. Zum ersten Mal hinterfragte ich nicht mehr nur Onkel Nehemiah, sondern den ganzen Glauben. Und ich dachte an Aurelia.

Ich wollte etwas tun, das Onkel Nehemiah entsetzen würde. Morgen würde ich zu ihr gehen und mich ihrer Schönheit aussetzen, ohne Gegenwehr.

Ich hörte eine Bewegung. Der Onkel richtete sich im Bett auf und setzte sich auf die Bettkante. Er sagte: »John?«

»Ja?«

»Es tut mir leid, dass ich dich so angefahren habe.«

Augenblicklich schämte ich mich meiner bösen Gedanken. Was sollte ich antworten, sollte ich sagen: »Vergeben und vergessen«?

»Du warst im Recht.«

Im ersten Moment konnte ich nicht glauben, was ich gehört hatte. Dann flüsterte ich: »Ihr müsst das nicht sagen.«

»Wir kochen zu sehr im eigenen Saft. Und ich … war stolz. Weil wir uns so um die Armen kümmern und weil bei uns Frauen das Lesen lernen. Weil wir für die Kranken da sind und für die Alten und weil es bei uns keine Abstürze gibt wie den von deinem Vater. Aber wir tun noch zu wenig. Und wir haben zu wenig Liebe zu denen, die in Not geraten sind.«

Ich konnte nichts erwidern. Die Kehle war mir ganz trocken.

»Also danke ich dir, John. Du hast heute etwas Gutes getan, indem du mir widersprochen hast.«

Dass er das so lehrerhaft bewerten musste, machte den starken Eindruck wieder etwas zunichte. Trotzdem berührte mich sein Eingeständnis so sehr, dass ich den Tränen nahe war.

Aurelia

Dicht stand der kalte Novembernebel auf der Straße. Er legte sich wie eine zweite Haut auf ihr Gesicht. Die werbenden Rufe der Händler drangen aus dem Nebel, als kämen sie von einer anderen Welt. Aurelia erkannte die einzelnen Händler an der Kadenz der Melodie, nicht an den Worten, aber sie wusste, was der Händler rief, selbst wenn er noch mehrere Straßen entfernt war: Beim Milchmann war es ein eigenartiges Jodeln. Der Mann, der alte Lumpen einsammelte, rief eine Quarte von unten nach oben. Und die Frau, die eine Eselin von Tür zu Tür führte und bei Bedarf molk, weil Eselsmilch für Neugeborene gesünder sein sollte als Kuhmilch, rief »Eselsmilch« mit hohen, kläglichen Schreien, die beinahe an einen Säugling erinnerten, und bog den letzten Ton nach unten.

Eine Gestalt trat neben Aurelia aus dem Nebel. »Mistress Fox, Ihr habt mir noch keinen Bescheid gegeben, ob Ihr bereit wärt, mit mir spazieren zu gehen. Natürlich in Begleitung Eurer werten Frau Mutter.«

Ralph Bolton. Er musste vor dem Haus gewartet haben.

Sie sagte: »Dann hole ich das jetzt nach: Nein.«

»Nein? Ihr schlagt die Einladung aus?«

»So ist es.«

»Und wenn ich Euch auf eine Bootsfahrt einlade?«

»Auch das reizt mich nicht.«

»Spielt nicht mit mir!«

»Nichts läge mir ferner, Master Bolton.«

»Wie könnt Ihr mich derart zurückweisen, Mistress Fox, Ihr kennt mich doch kaum.«

Sie kannte sie alle. Den Verklemmten, der ihr monatelang folgte, bis schließlich ein mit Veilchenduft parfümierter, scheinbar belangloser Brief folgte. Den Lüsternen, der sie bereits mit seinen Blicken vernaschte und Höflichkeit nur vortäuschte. Die Klette, so wie Ralph Bolton eine war. Den Strategen, der schon nach kürzester Zeit ihren wunden Punkt erkannte und klug genug war, Vater einen teuren Auftrag zu geben, einen, der ihn künstlerisch herausforderte und ihn glücklich machte, der damit aber auch klare Erwartungen verband, die sich in Zudringlichkeiten äußerten.

Sie wusste, dass sie einen von ihnen würde heiraten müssen, nächstes Jahr, spätestens übernächstes. Vater bedrängte sie nicht, die Mutter machte ihr gegenüber spitze Bemerkungen über das Wählerischsein, aber am deutlichsten sprach die desolate finanzielle Lage der Familie. Sie wusste, was ihre Pflicht war.

Vielleicht mochte sie deshalb den Wasserträger: Er kam für eine Heirat nicht infrage. Bei ihm ging es nicht um die

Rettung der Familie, sondern allein um das, was ihre Herzen hörten, wenn sie miteinander sprachen.

Sie richtete den Blick auf das glänzende Straßenpflaster. Ralph Bolton redete auf sie ein, sie könnten ein Boot stromaufwärts nehmen und am Ufer bei Barn Elms spazieren gehen, dann hätten sie beides, Spaziergang und Bootsfahrt. Als sie dazu schwieg, erklärte er, dass er sie bei nächster Gelegenheit gern seinen Freunden vorstellen würde, das seien ganz famose Personen.

Bis zur Fleet Street lief er neben ihr her, dann bemerkte er, dass er nicht zu ihr durchdrang, und gab mit der Androhung auf, ihr in Kürze einen erneuten Besuch abzustatten. Aurelia lauschte den Schritten, die sich durch den Nebel von ihr entfernten. Wie viel Kraft es kostete, die Avancen der Männer abzuwehren, immer vorsichtig zu sein, dass sie niemandes Blick auffing, niemandes Geste versehentlich erwiderte oder missverständlich freundlich war.

Sehnsüchtig sah sie hinüber zum Salisbury Court Theatre. Das große Gebäude war heute nur ein Schatten im Nebel. Aber es war sowieso wieder geschlossen, nachdem sich die Schauspieler über das Theaterverbot, das seit fünf Jahren in der Stadt galt, hinweggesetzt hatten und die *Queen Henrietta's Men* im Oktober das Stück »A King and No King« aufgeführt hatten – leider unterbrochen durch einen Polizeieinsatz und die Festnahme der Schauspieler. Was wohl aus dem wunderbaren alten, knorrigen Theophilus Bird geworden war? Ihren Lieblingsschauspieler im städtischen

Gefängnis zu wissen, ärgerte sie. Hoffentlich ließen sie ihn bald gehen.

Sie vermisste die Theaterbesuche. Mittags wurde das Theaterhaus geöffnet und die Ersten strömten hinein und besetzten gute Plätze. Wohlhabende ließen einen Stellvertreter für sich herumsitzen, während sie noch essen gingen. Dann, drei Uhr am Nachmittag, begann die Vorstellung. Diese Spannung, wenn der Vorhang zur Seite glitt! Die packend gemalten Szenenbilder, das Eintauchen in eine Geschichte, die wunderbaren Schauspieler. Natürlich war die Technik zu durchschauen, die Falltüren und die Seile, mit denen man einen Schauspieler fliegen ließ. Aber jeder im Publikum wollte der Geschichte glauben, es war ein Traum, aus dem niemand erwachen wollte.

Sofort hatte sie den Geruch von Orangen in der Nase, im Theater aß man immer Orangen, auch wenn sie hier den doppelten Preis kosteten, es gehörte dazu, als würden einen die Orangen wie eine Zauberarznei in den Traum hineinbefördern.

Schlimmer als das Salesbury Court Theatre hatte es das Globe Theatre getroffen, das einst von William Shakespeares Schauspielertruppe, den berühmten *Lord Chamberlain's Men*, errichtet worden war: Die Puritaner hatten es vollständig abreißen lassen.

Jede Woche waren fünfzehntausend Londoner in die Theater geströmt, beinahe jeder sechste Einwohner. Warum hatte man ihnen diese Freude nehmen müssen?

Mein Leben ist wie ein Theaterstück, dachte sie. Ich soll die Rolle der braven Bürgerstochter spielen, die Bühne betreten, mein Verslein aufsagen, heiraten und der Familie keine Schande bereiten.

Aber es war die falsche Rolle für sie. Der Autor musste das Stück verändern, Aurelias Passagen mussten neu geschrieben werden.

John

In der Nacht begegnete ihm Aurelia. Sie küssten sich zärtlich. Ihr Mund war samtweich. Er wachte auf, lag reglos im Bett, um Onkel Nehemiah und Tante Mercy nicht zu wecken, kniff fest die Augen zu und flehte Gott um Vergebung an.

Sein Herz stolperte. Erst allmählich beruhigte er sich. Als er langsam wieder in den Schlaf hinübersank, wünschte er sich, in denselben Traum zurückzukehren. *Nicht um sie zu küssen, Gott!*, beteuerte er. *Nur um sie zu sehen.*

Aurelia

Sie hatten neuerdings die billigeren, spitz zulaufenden Kerzen. Aurelia ersetzte die heruntergebrannten von gestern Abend in den Kerzenhaltern. Das Wachs der teureren Kerzen hatte besser gerochen, und die dünnen Kerzen verbogen sich, wenn sie zu viel Kraft aufwandte, um sie in die Leuchter zu drücken.

Den ganzen Morgen schon schimpfte Mutter mit dem neuen Dienstmädchen. »Im Waschzuber kommen die schmutzigen Leinentücher immer nach unten, sag mal, wie habt ihr denn zu Hause gewaschen? Habt ihr die Wäsche zu den Waschfrauen gebracht, wart ihr so reich? Ich glaube wohl kaum. Vorsicht mit der heißen Lauge! Und stampfen, jawohl, rütteln, so, mit Kraft! Wenn sich Taschen von Dreck bilden zwischen den nassen Tüchern, müssen sie abfließen können. Einweichen ist nicht alles, da ist Arbeit gefragt.«

Aurelia wäre gern hingegangen und hätte das Mädchen in Schutz genommen. Der Bürgerkrieg hatte viele arm gemacht, vielleicht hatte sie früher tatsächlich nie mit Hausarbeit zu tun gehabt. So manche Familie war wirtschaftlich abgestiegen, Leute, die früher fein gewesen waren, mussten jetzt anderen zur Hand gehen, um zu überleben.

»Die Stärke darf nicht klumpen, wenn du sie im heißen Wasser auflöst. Und zum Schluss gibst du einen Schuss Indigo hinzu. Dann werden die Kragen schön weiß. Doch nicht die Seidenstrümpfe! Mädchen! Die wäschst du hier. Du nimmst dir ein Stück Segeltuch, machst es nass mit der Seifenlauge und reibst die Seidenstrümpfe damit, bis sie fast trocken sind.«

Aurelia ging runter zu Betty in die Küche. Auch dort war Mutters Gekeife zu hören.

Betty sagte nichts dazu, aber Aurelia sah, dass sie ihre Handgriffe ruppiger ausführte.

»Sie schlägt sie nicht«, sagte Aurelia. »Immerhin.«

Betty schnaubte spöttisch.

Für diese Insubordination hätte Mutter sie schon gefeuert.

Aber Betty wusste, dass sie sich das bei ihr erlauben durfte. Sie legte das geschlachtete Huhn in eine Messingschüssel und übergoss es mit kochendem Wasser. »Ihr habt Lucy mitten im Dienstjahr rausgeworfen.«

»Lucy hat sich immer mehr von diesen Puritanern einnehmen lassen, zuletzt ist sie vier oder fünf Mal die Woche zu irgendwelchen Predigern gewandert. Mutter konnte es nicht länger hinnehmen, dass Lucy ihre Arbeit vernachlässigt.«

Betty begann, mit geübtem Handgriff Federn auszurupfen, obwohl das Huhn noch dampfte. Ihre Hände waren bald rot vom heißen Wasser. Es schien sie nicht zu kümmern. »Zugegeben, es ist manches liegen geblieben. Aber das Mädchen war sehr jung. Ihr hättet mit ihr reden sollen.«

»Da kann man mit Reden nicht viel bewirken. Ist mir ja recht, wenn die Leute fromm sind. Aber es gibt eben solche und solche. Ich komme da sowieso durcheinander, die Presbyterianer, die Unabhängigen, die Baptisten, die Quäker... Manche übertreiben es wirklich. Sie glauben, die Endzeit ist angebrochen! Und Oliver Cromwell halten sie für den neuen Mose, der Gottes auserwähltes englisches Volk aus der ägyptischen Sklaverei von König Charles hinausführt.« Aurelia lachte.

Hinter ihr war jemand eingetreten. Sie wandte sich um. Der junge Wasserträger.

Er sah sie verärgert an. »Wenn Ihr mich fragt, Mistress, solltet Ihr nicht über etwas spotten, von dem Ihr nichts versteht.«

Sie bemerkte genau, dass ihm Betty einen Blick glühender Bewunderung zuwarf.

»Du bist also auch einer von diesen Puritanern«, sagte sie.

»Und wenn ich's wäre?« Er schüttete den Inhalt eines Eimers in den großen Krug. Dann ging er mit dem zweiten Eimer hinaus.

Aurelia wartete schweigend, bis er zurückgekehrt war, sagte knapp: »Komm mit«, und fügte hinzu: »Wenn du nicht gerade etwas Besseres vorhast.«

John

Ich folgte ihr die Treppe hinauf und in das Speisezimmer. Dort zeigte sie mir einen kugelförmigen Apparat, wie ich ihn schon öfter aus der Ferne voller Neugier besehen hatte. »Ein Globus«, murmelte ich. »Den gibt es bei Moxon, kostet drei Pfund und zehn Schilling.«

»Du kennst Moxon?«, fragte sie, sichtlich überrascht.

»Genauso erstaunlich ist es, dass Ihr als Frau Moxon kennt.«

Sie stemmte entrüstet die Hände in die Hüften, aber statt einer Antwort sah sie mich nur mit funkelnden Augen an.

Ich drehte die Kugel. In ihr dreifüßiges Gestell aus dunklem Holz war ein Kompass eingelassen. Auch ihn tippte ich an und beobachtete, wie sich die Nadel nach kurzem Wippen wieder auf Norden einstellte.

Aurelia hielt die Kugel des Globus, die sich immer noch leicht drehte, an. Dann zeigte sie auf die gelben Umgrenzungen eines Landes, das vom Blau des Meeres umgeben war. »Das ist England. Erkennst du's?«

»Ja«, log ich. Sie hatte wohl keine Vorstellung davon, wie wenig wir in den paar Jahren Schule gelernt hatten im überfüllten, stickigen Raum.

Sie drehte jetzt die Kugel sachte weiter und wies auf gewaltige Landmassen, neben denen England wie ein versehentlicher Tintenfleck wirkte. »Asien«, sagte sie, »Amerika, Südamerika, Afrika.« Sie hielt den Globus wieder an und wies auf den englischen Fleck. »Und nur, weil auf unserer kleinen Insel gerade ein Bürgerkrieg getobt hat, soll damit die gesamte Weltgeschichte zu Ende sein? Diesen puritanischen Laienpredigern fehlt es an Bildung.«

Zugegeben, der Globus faszinierte mich. Aber ihre arrogante Unwissenheit, was die Bekenner anging, brachte mich gleichzeitig auf. »Laienprediger? Mag ja sein, dass die Baptisten welche haben, aber ich gehe in die Kirche St. Giles. Wir haben einen studierten Pfarrer wie andere auch.«

Aurelia runzelte die Stirn. »Und was ist dann anders bei euch?«

»Kommt zum Gottesdienst und schaut es Euch an.«

»Ja, vielleicht mache ich das.«

In diesem Moment betrat Mrs Fox den Speiseraum. »Was tust du hier oben?«

Ich murmelte etwas von Bezahlung und beeilte mich, ihr aus den Augen zu gelangen. Während ich die Treppe hinunterstieg, hörte ich die Mutter sagen: »Du solltest mir besser zur Hand gehen. Nicht lange und du führst deinen eigenen Haushalt.«

Aurelia spottete: »Kochen, Stopfen, Sticken, Nähen und Weben. Ich weiß.« Dass sie derart widerborstig war der eigenen Mutter gegenüber! Sie war frech und ungezähmt, ein Wildpferd. Nie und nimmer hätte ich geglaubt, dass es in wohlhabenden Familien so zugehen konnte.

Wie weit ihr Mut reichte, begriff ich aber erst, als sie am Sonntag am Kircheneingang stand und die Blicke aller auf sich zog.

Onkel Nehemiah, der mein Erröten bemerkte, fragte streng: »Wer ist das?«

»Das ist Mistress Aurelia Fox«, sagte ich.

Sie zog ihren feinen weißen Handschuh aus und reichte Tante Mercy und Onkel Nehemiah die Hand. »Ihr Sohn hat mich eingeladen.«

Das Missverständnis blieb unkorrigiert, während wir gemeinsam – Onkel Nehemiah mit finster nachdenklichem Gesichtsausdruck – in die Kirche traten.

Schon an der Kleidung war deutlich zu sehen, dass Aurelia nicht zu uns Bekennern gehörte. Man darf uns nicht unterschätzen, es gibt nicht bloß arme Schlucker in der Gemeinde, auch kleine Ladenbesitzer und reiche Witwen, sogar Ratsherren. Aber niemand zieht sich an wie Aurelia Fox. Bei uns achtet man auf ein schlichtes Äußeres.

Aurelia trug ein bordeauxrotes Kleid, das vorn etwas kürzer war, um das Unterkleid zu zeigen, ein Unterkleid, dessen Saum mit einer goldenen Tresse verziert war. Kragen und Manschetten waren aus Musselin, und vorn am Bauch hielt ein Stück Walknochen, wie ich vermutete, oder feines Holz, das man in den Stoff gefügt hatte, den Bauch gerade und aufrecht, was ihre mädchenhafte Brust betonte.

Onkel Nehemiah wusste offenbar nicht, was er von der Sache halten sollte. Aber Tante Mercy nahm geistesgegenwärtig Aurelias Arm und geleitete sie in die Kirche hinein. Ich hörte die Lehrlinge flüstern.

Schnell folgte ich Mercy und Aurelia, um mich in der Kirchenbank neben sie zu setzen, bevor einer von den Kampfhähnen diesen Platz wegschnappen konnte. Dann beugte ich mich zu Aurelia hinüber – ihr dunkles Haar, das unter dem Hut hervorquoll, duftete wunderbar – und fragte: »Was sagen Eure Eltern dazu?«

»Die wissen nichts davon. Ich hab gesagt, mir geht's nicht so gut.«

»Eine Lüge also.«

»Nicht ganz. Wenn ich mich hier so umsehe, ist mir tatsächlich mulmig zumute.«

Ich wusste, mir blieben nur wenige Momente, bis es in der Kirche still werden und der Gottesdienst beginnen würde. »Keine Sorge«, sagte ich rasch. »Wir haben die Liturgie letzte Woche überarbeitet. Besucher werden nicht mehr geschlachtet.«

Sie lachte leise.

Onkel Nehemiah zischte und wir verstummten.

Ich versuchte, die Kirche mit Aurelias Augen zu sehen. Die bunten Fenster hatte man entfernt und stattdessen klares weißes Glas eingesetzt, damit es heller war im Kirchenschiff. Beinahe jeder hielt eine Bibel auf dem Schoß. Wenn Pfarrer Culpeper nachher einen Text auslegte, würden wir alle mitlesen. So kannte sie das sicher nicht.

Wir standen auf und sangen das erste Lied. Aurelia sah sich verunsichert um. Vermutlich war ihr Kirchengesang ohne Instrumente fremd und mit Sicherheit sang man in ihrer Kirche flotter. Anfangs, als Kind, war mir der langsame und monotone Gesang der Psalmen auch ungewohnt gewesen.

Denn du, o lieber Herr,
Bist mein Schild und Schutzwehr,
Groß Ehr tust du mir geben:
Und dass ich kürzlich sag,
Du machest, dass ich mag
Mein Haupt empor aufheben.

Wann hunderttausend Mann
Mich wollten greifen an
Zur Linken und zur Rechten
Und mich umringten gar,
Sollt mich doch kein Gefahr
Erschrecken noch anfechten.

Zögerlich stimmte Aurelia mit ein. Onkel Nehemiah nickte ihr beim Singen ermutigend zu. Sie hatte eine schöne, helle Gesangsstimme.

Du bist allein der Gott,
Bei dem in aller Not
Heil und Trost wird gefunden:
Der du den Segen gibst
Deinem Volk, das du liebst
Zu rechter Stell und Stunden.

Meine Stimme zitterte beim Singen. Hörte das Aurelia? Sie kannte ja meine gewöhnliche Singstimme nicht, also konnte sie auch die Aufregung nicht heraushören.

Ein Gebet folgte, frei gesprochen, nicht nach dem Gebetbuch. Wir Bekenner lehnen das Gebetbuch der Kirche ab, weil uns viele der darin festgelegten Worte blasphemisch erscheinen.

Sosehr wünschte ich zu wissen, was in ihr vorging. Belustigte sie sich insgeheim über uns? Oder war sie ernsthaft interessiert? Die Predigtstunde begann. Ich prüfte innerlich jeden Satz und fragte mich, wie er sich für Aurelia anhörte, ob sie sich darin wiederfand oder ob sie durch die Predigt gegen uns aufgebracht wurde. Pfarrer Culpeper floss wieder einmal über vor lauter Bibelwissen. Bisher hatte das wunderbar meinen Wissensdurst gestillt, heute aber fand ich es etwas aufdringlich. Hoffentlich störte sich Aurelia nicht daran.

Viele schrieben die Predigt mit, um sie später ihren Dienstboten oder Freunden zu wiederholen und sich selbst daran zu stärken. Pfarrer Culpepper beschrieb die gewaltige Kluft, die unsere gefallene und zutiefst boshafte Menschheit vom allmächtigen, strafenden Gott trennte, er erklärte, dass der Verstand des Menschen »eine Sickergrube ist, ein Platz, wo jede Art von Schmutz sich sammelt«, und dass wir »nichts als Erdwürmer sind, nichts als Staub, Asche und verrottendes Fleisch«.

Man hörte ein Seufzen und wiederholtes Räuspern, kurz vor den Tränen. Pfarrer Culpeper wurde laut. So war ich es gewohnt. Ein guter Prediger – aus Sicht der Bekenner – sorgt für ein Erdbeben bei seinen Zuhörern. Heute, wo Aurelia neben mir saß, erschien es mir plötzlich unangemessen.

Natürlich wollte Culpeper darauf hinaus, dass es für den Einzelnen unmöglich sei, die Erlösung zu verdienen, dass sie ein Geschenk war von Gott an uns, aber war nicht eine Nebenwirkung seiner Worte, dass manche bis tief in sich hinein ihren Unwert verspürten und eine schreckliche Furcht vor Gottes Zorn empfanden?

Jetzt verlangte Culpeper die tägliche Selbstprüfung und die »Demütigung vor dem Herrn«. Ich fuhr mir aus Verlegenheit mit den Händen über die Knie. Die Bibel in meinem Schoß wäre beinahe versehentlich zugeklappt.

Als der Gottesdienst vorüber war, verabschiedete sich Aurelia höflich vor der Kirche von Onkel Nehemiah und Tante Mercy, und auch mir gab sie, allerdings mit einem feinen spöttischen Lächeln, die Hand. Dann winkte sie eine Droschke heran und ließ sich nach Hause fahren.

Aurelia

Sie wog die schweren, kostbaren Südseemuscheln in ihren Händen. Das Äußere war mehlweiß, sie spürte den Ausbuchtungen nach, den eigenartigen stumpfen Stacheln, und strich wehmütig über das porzellanartige rosafarbene Innere. Dann legte sie alle drei Muscheln in den Samtbeutel, legte sich den Umhang um und darüber die Pelzpelerine und trat aus dem Haus.

Zwei Wochen war es her, dass sie die Kirche des jungen Wasserträgers besucht hatte, zwei Wochen lang war sie ihm aus dem Weg gegangen. Manchmal kam er hoch zu ihr ins Obergeschoss, trotz der Gefahr, dass die Eltern ihn dort entdecken würden, und sie sah ihm die Fragen an, sah, dass er ihretwegen kam und nicht wegen des Geldes, und seine Qual tat ihr leid. Aber es war besser, wenn er die Zurückweisung auf die Kirche schob.

John hieß er, das hatte sie von Betty erfahren. Einmal, als sie aus dem Fenster sah nach seinem Besuch bei ihnen (nicht ganz zufällig, wie sie sich selbst eingestehen musste), hatte er sich am Straßenrand niedergehockt, um eine Straßenkatze zu streicheln. Da war es ihr besonders weh geworden im Herzen.

»Deine Schwestern waren mit zwanzig schon verheiratet und schwanger mit dem ersten Kind«, hatte Mutter gestern gesagt und noch einiges über die guten Ehemänner der Schwestern und die bestickten Bezüge, die Brilliana für die Außenseiten der Schubladen gefertigt hatte, die neuen Bettbehänge, die Gertrude gekauft hatte, und ihrer beider Talent, das Vorhandene zu verschönern und zu verwalten.

Aurelia wusste, Mutter sagte das, weil sie sich für sie, ihre jüngste Tochter, ein ebenso gutes Leben wünschte. Vermutlich hatte die Großmutter einst zu Mutter Ähnliches gesagt und die Urgroßmutter ihrerseits zur Großmutter, und jeder glaubte, so gehöre sich das, mit solchen Bemerkungen hatte man seine Töchter auf das Leben vorzubereiten.

Aber das war nicht das Leben, das sie sich wünschte. Mit einem Mann, der die Schulden der Familie erleichterte und das gesellschaftliche Ansehen stärkte, braven Kindern, einem makellos aufgeräumten Haus und Stickarbeiten am Abend.

Sie wollte tiefer eindringen, wollte hinter die Rinde des Lebensbaums sehen, wollte das Grauen und die Schönheit des Lebens ergründen. Sie wollte wissen, wie es wirklich in ihr aussah, aus welchem Stoff sie gemacht war, was sie auszuhalten bereit war und wie weit ihre Kräfte reichten. Sie wollte Liebe kennenlernen, die nicht auf Gegenleistungen oder

Konventionen beruhte. Wollte im Chaos dieser Zeit eine eigene Ordnung finden, ein eigenes Denken. Auch wenn sie wusste, dass sie schwach war, nein, gerade *weil* sie es wusste, lockte es sie, sich herauszufordern und nicht den leichten Weg zu gehen. Mehr zu wagen. Jeden Tag mehr.

Allerdings hatten ihre Taten Folgen für die anderen. Wenn sie tatsächlich in dieses Leben hinausging, was würde aus Vater und Mutter werden? Verhagelte sie ihnen den Lebensweg? Besaß sie das Recht dazu?

Sie fasste den Samtbeutel mit den Muscheln fester. Achtete auf die Aushängeschilder vor den Häusern. Das Geräusch ihrer Kindheit: Vaters Aushängeschild, das abends im Wind leise knarrte.

Eigentlich mussten die Schilder neun Fuß über dem Erdboden hängen, damit ein Berittener darunter hindurchpasste – aber viele hielten sich nicht daran, die Schilder behinderten Fuhrwerke und Reiter. Gleichzeitig machten sie das Leben bunter. Ein Elefant zeigte: Hier konnte man Elfenbeinkämme erwerben. Über den Apotheken hingen Einhörner und Drachen, sie sollten die Leute wohl glauben machen, die verkauften Arzneien könnten Wunder wirken. Der pfeilschießende Amor und eine Fackel bedeuteten, hier arbeitete ein Glaser. Eine Wiege wies auf die Werkstatt eines Korbflechters hin. Adam und Eva zeigten an, wo Äpfel und andere Früchte verkauft wurden.

Natürlich gab es auch Aushängeschilder ohne Humor, einen kleinen Sarg beim Sargtischler oder einen Beutel Nägel beim Eisenwarenhändler. Beim Samenhändler hing eine Ananas. Der Laden für Schreibwaren zeigte auf seinem Schild ein Messer, das eine Feder spitzte.

Die bunten Schilder wiesen Wegsuchenden die Richtung, anhand ihrer merkten sich Kinder, wo Freunde wohnten, und Fremde fanden so ihre Unterkunft.

Wie lange noch würde Vaters goldener Meißel draußen hängen?

Ein Gewölk von kleinen Eisflocken stob in die Straßen. Aurelia mochte die zarten Berührungen der Schneeflocken im Gesicht.

Am Boden wurden sie schnell zertreten und schmolzen. Auf den Aushängeschildern blieben sie liegen wie eine Puderschicht. Die Sonne brach durch die Wolkendecke. Noch nie hatte sie Schnee und Sonne zugleich erlebt. Die Sonnenstrahlen verschwanden und erschienen wieder, sie spielten mit dem sich bauschenden Grau der Wolken.

Trotzdem ging Aurelia rascher. Ihre Füße froren in den zu dünnen Schuhen. Endlich erreichte sie Moxon und betrat den mit dunklem Holz ausgekleideten Laden. Sie wartete auf Mr Rogers, der gerade noch einen Kunden bediente und mit ihm von Blaise Pascal, Quecksilber und dem Vakuum redete. Als er dem Kunden schließlich das gewünschte Wetterglas einpackte und aushändigte und der Herr sich nach dem Bezahlen verabschiedet hatte, fasste sie in ihren Samtbeutel und legte eine Muschel nach der anderen auf den großen dunklen Tisch in der Mitte des Raumes.

Mr Rogers, dessen Haare ein fröhliches Gespinst auf seinem Kopf bildeten, nahm interessiert eine davon in die Hand, setzte sie aber rasch ab. »Mädchen, das kann ich nicht nehmen.«

»Ich bitte Euch darum.«

Er seufzte. »Eure Eltern wissen davon?«

»Natürlich.«

Sie sah an seinem Blick, dass er ihr nicht glaubte. »Also gut. Sind drei Pfund in Ordnung?«

Sie nickte.

Er holte unter erneutem Seufzen das Geld aus dem Kasten und reichte es ihr. »Jetzt will ich Euch aber erst einmal eine Weile nicht hier sehen«, drohte er.

Lachend machte Aurelia kehrt und verließ den Laden.

Kaum war sie draußen, vermisste sie ihre Muscheln. Sie wollte ihr Ohr an sie legen und dem Meeresrauschen zuhören. Wollte mit einer Muschel in der Hand träumend den Globus drehen und sich fragen, an welchem Strand sie wohl gelegen hatten. Das waren *ihre* Muscheln, niemand sonst konnte sie so wertschätzen. Für andere waren es bloß exotische Gegenstände, ihr aber waren sie in der Kindheit immer lebendig erschienen.

Sie zögerte kurz. Dann machte sie sich auf den Weg zur eingehausten Wasserpumpe von Cornhill. Es war ein kleiner Umweg, und sie fand nicht gleich eine Rechtfertigung vor sich selbst für dieses Ziel, eine Weile suchte sie nach Gründen für die Entscheidung, die sie kurzerhand gefällt hatte. Ihr

Atem ging rasch, sie freute sich. Und konnte doch nicht die anklagende Strenge in sich niederkämpfen.

Schließlich fiel ihr ein, dass sie ihn kaum kannte. War es nicht widermenschlich, das mit ihm nicht noch einmal zu durchdenken? Ja, das war ein guter Grund, ihn aufzusuchen.

Sie bemerkte, dass ihr zwei Gestalten folgten. Der eine schielte und war kräftig gebaut, auch etwas fettleibig. Der andere erinnerte an eine Vogelscheuche mit seinem strohigen Haar.

»Wart mal, Püppchen«, sagte der Schielende, als er ihren Blick bemerkte.

Sie wandte sich wieder um und beschleunigte zornig ihren Schritt.

Aber die Kerle holten sie ein. »Du hast doch sicher was dabei für ein paar arme Schlucker.« Sie drückten sie grob gegen die Wand.

Besser, sie gab ihnen etwas. Da war eine Kälte im Blick der beiden, die ihr Angst machte, Gewalt war denen jedenfalls nicht fremd, vermutlich genauso, sie einzustecken, wie sie auszuteilen. Aber halt! Sie konnte ihren übervollen Geldbeutel nicht öffnen. Mr Rogers hatte ihr die drei Pfund nicht nur in Schillingmünzen ausgezahlt. Sie hatte zwei Doppelkronen in Gold im Geldbeutel. Wenn sie ihn öffnete, würde das Gold hervorblitzen und die Strauchdiebe in Versuchung bringen. »Ich hab nichts«, sagte sie. »Lasst mich in Frieden.«

»Nichts?« Der Fettleibige fasste nach ihrem Arm und hielt ihn fest, während seine Linke ihr unter den Umhang fuhr und nach dem Geldbeutel tastete.

Laut schrie sie um Hilfe. Der Hagere schlug ihr auf den Mund, so fest, dass sie vor Entsetzen verstummte.

Da hatte der andere auch schon den Beutel gefunden. Er löste die Schlaufe, die ihn hielt, und zog ihn hervor. »Na, wenn das kein schönes Almosen ist.«

Aurelia schmeckte Blut. Ihre Lippen brannten. Trugen diese Kerle Messer? Am Gürtel sah sie keine. Vielleicht waren sie in den Stiefeln verborgen.

Der Schielende presste ihren Arm noch einmal wie in einem Schraubstock zusammen. »Kein Wort zu irgendjemandem oder du bist tot.« Dann ließ er sie los. Er und der Hagere hasteten davon.

Sie konnte den schmerzhaften Griff an ihrem Arm immer noch spüren, als hielte die Hand sie weiter fest. Trotzdem rief sie: »Diebe! Sie haben mich bestohlen!«

Als sie sah, dass die Ganoven weiterliefen, anstatt zu ihr umzukehren und ihre Drohung wahrzumachen, fasste sie Mut und schrie noch lauter.

Ein älterer Mann kam besorgt näher. Eine Frau, die wegen der Hilferufe aus dem Haus getreten war, wandte sich zurück und rief nach ihrem Mann. Aber niemand nahm die Verfolgung auf. Schon waren die zwei um die nächste Ecke gebogen.

Ein Kind sah zu ihr hoch und sagte: »Ihr blutet ja.«

Sie tupfte sich mit dem Taschentuch das Blut von der geschwollenen Lippe. »Hat jemand die zwei gesehen und kann die Tat bezeugen?«

»Nur von hinten«, sagte der Grauhaarige. »Ich konnte sie nicht erkennen. Was haben sie gestohlen?« Furchtsam sah er in die Richtung, in der sie verschwunden waren.

John

Ich kam mit leeren Eimern aus der Jewen Street und fror vor Müdigkeit, während mir der Schweiß die Stirn und den Leib kühlte. Wieder einmal gab ich mich Gedanken des Neides hin auf all die Lehrlinge und Handwerksgesellen, die in der Werkstatt arbeiteten und nicht bei Schnee und Regen durch die Straßen laufen mussten. Natürlich, sie waren dem Meister zu Gehorsam verpflichtet, mussten auch Holz hacken und die Stube fegen und den Hühnerstall reinigen, was wirklich keine schöne Arbeit war, wenn der Kot schon festgebacken war, oder bei Tisch bedienen, die Schuhe putzen und so weiter, und sie bekamen dafür keinen Penny Lohn, sondern nur Kleidung, Speise und Obdach. Aber am Ende der Lehrzeit wartete eine gute Anstellung. Und wohin führte mein tägliches Schuften? Es gab kein Vorankommen, ich lernte nichts. Allein tumbe Körperkraft war vonnöten, die ich nicht mal im Übermaß besaß. Ein Leben braucht eine Richtung, ein Ziel. Niemand tritt gern auf der Stelle.

Als ich mich dem Gebäude der öffentlichen Wasserpumpe näherte, stutzte ich. War das nicht Aurelia inmitten der jungen Burschen?

Ich beeilte mich. Im Näherkommen sah ich voller Bestürzung, dass ihre Unterlippe geschwollen und blutverkrustet war. Ich hörte gerade noch, wie sie die Täter beschrieb.

»Die hab ich in den letzten Tagen öfter hier rumlungern sehen«, sagte David Bradley, ein anderer Wasserträger. »War nur eine Frage der Zeit, bis so etwas passiert.«

»Wie lange ist der Überfall her?«, fragte ich. »Und was haben sie gestohlen?«

»John.« Aurelia schien erfreut, mich zu sehen. Sie lächelte und hielt sich augenblicklich mit schmerzverzerrtem Gesicht die Lippe. »Es ist gerade erst passiert«, sage sie. Auf ihren Wangen flammte Röte auf, sie schien sich zu schämen. Als wäre es ihre Schuld, überfallen worden zu sein. »Ich hatte drei Pfund in bar bei mir.«

Drei Pfund! Ab zwölf Pence galt auf Diebstahl die Todesstrafe. Zwar setzte die Jury vor Gericht mitunter aus Mitleid den Warenwert niedriger an, wenn zum Beispiel ein Zimmermädchen einen Silberlöffel stahl, aber bei drei Pfund baren Geldes gab es nichts zu deuten und keine Rettung.

David ballte die Fäuste. »Ich sag, wir ziehen los und nehmen die Diebe fest. Helfen wir der Lady. Wer kommt mit?« Im Nu hatte er ein halbes Dutzend junger Männer auf seiner Seite.

»Wollt Ihr eine Belohnung aussetzen? Für den, der die Diebe erwischt?«, fragte ich heiser.

»Ich … weiß nicht.« Ihr Blick flatterte.

David bellte: »Natürlich. Sonst kriegt Ihr die nie!«

Ich bat: »Kann ich Euch kurz unter vier Augen sprechen?«

Bereitwillig ging sie einige Schritte mit mir zur Seite. »Du findest die Idee mit der Belohnung nicht gut?«, fragte sie.

»Ein ›Kopfgeld‹ wäre wohl eher das richtige Wort. Die Diebe werden gehängt.«

»Das findest du bedauerlich?«

Ich schluckte. »Ich kann Euch helfen, die beiden zu finden. Meine Bedingung wäre, dass Ihr kein Kopfgeld aussetzt.«

Sie kam sehr nahe und flüsterte beinahe. »Du kennst sie?«

»Der eine ist mein Bruder.«

Aurelia fuhr zusammen. Sie rührte an ihre aufgesprungene Lippe und verengte die Augen, während sie Abstand von mir nahm. »Dein Bruder.«

»Wir stehen uns nicht nahe.«

»Der mit dem Schielblick?«

Ich nickte.

»Woher soll ich wissen, dass ihr kein gemeinsames Spiel treibt? Du spähst die Häuser aus und er übernimmt den Diebstahl. Am Ende teilt ihr brüderlich die Beute. Vielleicht hast du ihn überhaupt erst auf mich aufmerksam gemacht.«

»So denkt Ihr von mir?« Ihr Verdacht tat weh. »Ohne meine Hilfe werdet Ihr ihn nicht finden. Aber wir müssen schnell sein. Geht zu Richard Gillingham, er wohnt in der Drury Lane über der Buchhandlung. Vielleicht ist er auch unten im Laden. Sagt ihm, John Annesley schickt Euch. Er soll mit seinen Söhnen zum Hafen kommen, dorthin, wo die Seekohle entladen wird.«

»Und wieso sollte er mir glauben?«

»Er wird Euch erkennen.«

»Wie denn? Ich kenne ihn nicht und er kennt mich nicht.«

»O doch.« Ich räusperte mich verlegen. »Er hat Euch bei uns im Gottesdienst gesehen. Glaubt mir, Ihr seid jedem aufgefallen.« Ich reichte David meine Eimer – er sah frustriert aus, weil er wohl meinte, ich hätte ihm die Belohnung weggeschnappt, auch die anderen blickten mich finster an – und sagte zu Aurelia: »Beeilt Euch. Sonst ist das Geld weg.«

»Du gehst nicht mit?«

»Ich sehe woanders nach.«

Auf dem Weg wurde mir das Gesicht ganz kalt und taub. Das hat er nicht verdient, dass er stirbt, dachte ich. »Schau nicht hin«, hörte ich ihn sagen und spürte, wie er seine Arme schützend um mich legte. Oliver war mein Bruder. Ich konnte ihn nicht an den Galgen bringen.

Vor dem New Churchyard außerhalb von Bishopsgate verlangsamte ich meine Laufgeschwindigkeit. Ich schob die schmiedeeiserne Gittertür auf und achtete darauf, sie hinter mir nicht zu schließen, sondern einen Spalt offenzulassen. Vielleicht musste ich in wenigen Momenten Fersengeld geben, um mit dem Leben davonzukommen.

Sie verliert bloß Geld, dachte ich. Er wird gehängt. Ich kann doch nicht zum Brudermörder werden.

Ich hatte unzählige Male mit ihm gestritten, mich versöhnt, hatte ihn mit Witzen zum Lachen gebracht. Wir hatten Mahlzeiten geteilt und Prügel von Vater, hatten gemeinsam an Annes Grab geflennt.

Das Grab. Wie ich es erwartet hatte, sah ich ihn dort kauern. Er wollte London nicht für immer den Rücken kehren, ohne sich von unserer Schwester zu verabschieden.

Der Hagere löste sich aus dem Schatten einer Buche und versperrte mir den Weg.

Jetzt stand auch Oliver auf, der wohl meine Schritte gehört hatte. Er musterte mich.

»Warum sie?«, sagte ich. »Das war kein Zufall.«

»Nimm dich mal nicht so wichtig, Bruder.«

Was fragte ich überhaupt nach? Ich wusste doch, wie es gelaufen war. »Ihr habt mich beschattet.«

»Wir haben die Sache erledigt«, sagte Oliver, »ohne dass du dir die Finger schmutzig machen musstest. Du solltest dankbar sein.«

»Habt ihr etwa geglaubt, ich spähe für euch Häuser aus?«

»Jetzt enttäuschst du mich aber.« Oliver verzog den Mund. »Ausspähen können wir selbst. Ich hatte gehofft, dass du uns Zutritt verschaffen könntest. Tja, und dann kam die Winterschönheit herausgetreten, mit einem Beutel, und ich hab mich gefragt, was sie da wohl bei sich trägt, und bin ihr gefolgt. Bei Moxon ging sie rein und kam ohne Beutel wieder raus. Klare Sache. Wer teures Zeug verhökert, hat Geld.«

»Aber es ist ihres. Du hast kein Recht, sie zu bestehlen.«

Olivers Augen wurden groß. »Sag mal, hast du da was am Laufen? Der Kleine greift nach den Sternen!« Er schnalzte mit der Zunge. »Aber natürlich. Die Frau hat es dir angetan. Du verzehrst dich nach ihr.«

»Halt den Mund.«

»Wie du willst. Dann erkläre ich dir nicht, dass eine wie die nur mit dir spielt. Du lernst es auf die harte Tour.«

»Gib mir das Geld und ich lasse euch ziehen.«

»John.« Er legte mir den Arm auf die Schultern. »Hatte Paps das Recht, Mutter zu schlagen? Hatte er das Recht, unser Geld zu versaufen? Hatte das Königreich das Recht, mir den Seemannssold zu verweigern und mir minderwertige Ersatzscheine auszustellen, die ich dann für den halbierten Sold verkloppen musste, damit ich einen Platz zum Schlafen und was zu essen bezahlen konnte? Niemand auf der Welt kümmert sich um ›Rechte‹.«

»Ich weiß, aber –«

»Nichts aber.« Er lachte. »Du klingst schon so weinerlich wie Nehemiah. Der hätte Prediger werden sollen und nicht Feilenhauer. Nennst du ihn jetzt Vater? Du warst schon immer der Schwächste von uns.«

»Nur weil es Ungerechtigkeit gibt, ist das kein Grund, für noch mehr Ungerechtigkeit zu sorgen. Sei vernünftig, Oliver, gib mir das Geld und ich kläre die Sache. Die hängen dich sonst auf.«

»Du willst ihnen doch nicht etwa dabei helfen? John? Mein kleiner Johnny.«

Sein schwerer Arm auf mir wurde mir unangenehm. Oliver war früher schon fies gewesen, hatte Anne gepiesackt, mein hölzernes Spielzeugschwert ins Feuer geworfen und Fliegen die Flügel ausgerissen. Aber musste man, um die Schuld eines Menschen abzuwägen, nicht auch seine guten Taten in Betracht ziehen? Jesus hatte Mördern vergeben, eine Ehebrecherin wieder aufgerichtet, einen Zollbetrüger besucht und das Geschenk einer Hure angenommen. Er war für Menschen wie Oliver auf diese Erde gekommen.

Ich sagte: »Ich bin nicht hier, um ihnen zu helfen. Ich bin hier, weil ich dir das Leben retten werde.«

Er verstellte äffend seine Stimme: »Ach, mein Bruder meint es nicht so, er hat ein goldenes Herz, bitte, verzeiht ihm dieses eine Mal.«

Der Hagere lachte krächzend und tänzelte um mich herum.

»Oliver, ich will nicht schuld sein an deinem Tod.«

»Das würd ich dir auch nicht raten. Meine Freunde würden dich umbringen.«

Es war nicht mehr als ein kurzes, kaum merkliches Nicken von Oliver. Sofort duckte ich mich, um einem Schlag des Hageren auszuweichen, der von hinten kommen musste. Etwas Hartes traf mich auf den Kopf. Gelbe Sterne tanzten in der Schwärze vor meinen Augen, ich taumelte, stürzte. Meine Wange schlug auf dem gefrorenen Boden auf.

Am Hafen wartete der Constable mit seinen Männern. Ich wollte es Oliver sagen, aber ein Wind entführte mich, er rauschte in meinen Ohren und trug mich fort.

Aurelia

Überaus unvernünftig, mit drei Pfund in bar durch die Stadt zu laufen.« Der Constable sah sie nicht an, während er neben ihr ging und ihr Vorhaltungen machte. Er war von gedrungener Statur und aus seinen Ohren wuchs Haargestrüpp. Weshalb hatten die Magistraten ausgerechnet einen Buchhändler zum Constable bestimmt?

Seine beiden Söhne immerhin waren einen Kopf größer als er, und die schlanken Schwerter, die sie an ihren Seiten trugen, gaben ihr ein Gefühl von Sicherheit.

Johns entsetzter Gesichtsausdruck ging ihr nicht aus dem Sinn. Sie konnte sich nicht vorstellen, zuzusehen, wenn eine ihrer Schwestern gehängt wurde. Je näher sie dem Hafen kamen, desto unwohler wurde ihr. Sie hatte das Gefühl, mit jedem ihrer Schritte zum Tod der zwei Ganoven beizutragen, ihnen sozusagen selbst die Schlinge um den Hals zu legen.

Selbst wenn John der Bruder fremd war, er war Familie, er verdiente Schutz.

Aus solchen Verhältnissen stammte John. Wie war es ihm gelungen, so ganz anders zu werden als sein Bruder? Sie bewunderte ihn für seine innere Stärke.

Einmal war sie ihm heimlich gefolgt, während der zwei Wochen, in denen eigentlich ihr Entschluss festgestanden hatte, dass eine Freundschaft zwischen ihnen unmöglich war. Sie hatte sich aus der Distanz jedes Mal gefreut, wenn er jemanden im Vorbeigehen grüßte und freundlich zurückgegrüßt wurde. Bei Kindern, die auf der Straße um ihre Murmeln aus Ton stritten, war er stehen geblieben, hatte seine Eimer hingestellt und die Kinder eingeladen, aus der Entfernung mit kleinen Steinchen danach zu werfen. Daraufhin hatten sie ihren Streit sofort vergessen und versuchten voller Begeisterung, in einen der Eimer zu treffen. Ob er die Kinder gekannt hatte, war nicht ersichtlich gewesen für sie. Vielleicht war er einfach so: Er brachte Gutes in die Welt.

Dennoch, sie kannte ihn kaum. Wie konnte sie ein solches Interesse an ihm haben? Sie begriff es selbst nicht.

Kleine Gesten waren es, die sie erahnen ließen, was er fühlte und dachte. Sein amüsierter Blick, mit dem er ein Huhn betrachtet hatte, das auf das Dach einer Werkstatt gelangt war und nun verunsichert hinunteräugte. Sein Blinzeln in die Wintersonne hinauf. Die zwischen den Zähnen gepfiffenen Töne eines Liedes.

Und ja, auch wenn sie der Gedanke zugleich verdross, auch die fürsorgliche Liebe zu seinem Ganovenbruder nahm sie für ihn ein.

Die Anlegeplätze erstreckten sich weit entlang des Ufers. Kräne hoben an knarrenden Seilen Kisten aus den Schiffsrümpfen. An einer Landestelle, die keinen Kran besaß, rollten Hafenarbeiter Fässer an Land, Fässer mit gepökeltem Fisch oder Wein aus Burgund oder flandrischem Bier oder Teer oder Kalk. Im eiskalten Wasser der Themse warteten Zweimaster, Einmaster und Dreimaster, ein Wald von Segelbäumen, Tauwerk und Gaffeln, der höher hinaufragte als die Häuser am Ufer.

Die Kohlenflotte von Newcastle musste heute Morgen eingetroffen sein, ein Teil der Kähne war noch nicht entladen und hing tief im Wasser. Der Boden der Landestelle war aber bereits schwarz von glitzerndem Kohlenstaub, selbst in der Luft hingen dunkle Schwaden und die Gesichter der Hafenarbeiter waren von Schweiß und Schwärze verschmiert.

Die Ganoven waren nicht zu sehen und John ebenso wenig. Was, wenn sie ihn abgestochen und hinter einen der Kohleberge geworfen hatten? Wenn er bereits bleich die Themse hinuntertrieb?

Der Constable ließ seine Söhne bei Aurelia zurück und ging zum Hafenmeister. Er kam mürrisch wieder. »In der letzten Stunde haben mehrere Schiffe abgelegt«, sagte er. »Die Kerle sind längst abgehauen.«

In diesem Moment sah Aurelia sie die Mole entlangkommen.

John

Ich wollte aufstehen. Die steifen Glieder gehorchten mir nicht. Wie lange lag ich hier bereits? Ich befahl meinen Fingerspitzen, sich zu krümmen. Im Sternenlicht sah ich, wie sie zuckten. Immer wieder befahl ich die Bewegung, bis ich die Hände schließlich ganz zu Fäusten ballen konnte. Ich stemmte die Fäuste auf den hart gefrorenen Boden und stützte mich unter Aufbietung aller Kräfte hoch. Ich fror bis auf die Knochen.

Wie makaber, dass mir das neben Annes Grab passieren musste. Ausgerechnet hier.

Mit ungelenken Schritten stolperte ich vom Friedhof. Zwei Straßen weiter entdeckten mich Nachtwächter. Erst wurden sie grob, dann aber schienen sie meiner Geschichte zu glauben, dass ich überfallen worden war. Ich verschwieg, dass mein Bruder einer der Angreifer war. Sie führten mich nach Hause.

Onkel Nehemiah war noch wach. Die Sorge um mich stand ihm ins Gesicht geschrieben. Als er sich beruhigt hatte, kamen ihm Zweifel, und er verlangte, dass ich ihn anhauchte, um sicherzugehen, dass ich nicht getrunken hatte.

Ich ließ ihn brüsk stehen und legte mich ins Bett.

Tante Mercy fragte ins Dunkel des Zimmers hinein: »John?«

Ich schwieg. Ich würde zum Schein hier liegen bleiben, bis sie und der Onkel wieder eingeschlafen waren.

Es tat gut, sich aufzuwärmen. Trotzdem, ich musste erfahren, wie es Oliver ging. Und Aurelia. Hatten sie Oliver erwischt, war er jetzt entweder schon tot, weil er sich bei der Festnahme bis aufs Blut gewehrt hatte, oder er saß in Haft und sie bauten gerade den Galgen für ihn. Mein Schädel schmerzte dumpf und die Wärme machte mich müde. Am nächsten Morgen schreckte ich hoch: Das Bett von Onkel und Tante war bereits leer. Ich musste eingenickt sein.

Ich frühstückte eilig Bier und Brot. Aus der Werkstatt drang bereits das Meißelhämmern. Ich schlich mich nach draußen und hastete durch die Stadt. Eigentlich war mein Plan gewesen, Richard Gillingham aufzusuchen und ihn um einen Bericht zu bitten. Stattdessen ging ich, nachdem ich meine Eimer in der Obhut der anderen Wasserträger an der öffentlichen Pumpe gefunden und sie gefüllt hatte, zum Haus des Graveurs. Aurelia würde ebenfalls wissen, was am Hafen geschehen war.

Als ich die Küche betrat, kam sie schon die Treppe herunter. »Kein Wort«, befahl sie. »Stell die Eimer hier ab.«

Ich gehorchte.

»Und jetzt komm.« Sie zog mich nach draußen.

»Lebt mein Bruder?«, fragte ich.

Sie nickte.

Das konnte alles heißen. Lebte er schwerverletzt in einer Zelle und wartete auf den Tod? Lebte er unter der Drohung des Galgens?

Ich begriff bald, dass sie mit mir auf dem Weg zum Hyde Park war. Seit zehn Jahren war es gestattet, ihn zu betreten, nachdem er anfangs nur für den König und in einer Übergangszeit für die Adligen gedacht gewesen war.

An seiner Ostseite, zur Innenstadt hin, passierten wir mächtige Befestigungsanlagen, die vor fünf Jahren zu Kriegsbeginn errichtet worden waren, zusammen mit einem Kontrollpunkt, an dem jeder überprüft worden war, der London hatte betreten wollen.

»Ich habe versucht, in deinem Bruder dich zu sehen«, sagte Aurelia schließlich. »Ich habe so viel Hass auf ihn empfunden. Aber er liegt dir am Herzen. Also habe ich versucht, ihm zu verzeihen.«

»Vergebung ist gut«, sagte ich und schluckte trocken. »Ich wünschte, er… Es wäre gar nicht erst…« Ich versuchte erfolglos, die Vorstellung abzuschütteln, wie er am Galgen baumelte.

Aurelia blieb stehen und sah mich besorgt an. »Du denkst, er ist festgesetzt? Nein, John. Ich habe dafür gesorgt, dass er entkommt.«

Hätte ich es glauben können, wäre ich erleichtert gewesen. Aber etwas in mir blieb angespannt, ich wartete auf den vernichtenden Hieb.

»Der Constable wollte ihn ergreifen«, sagte sie. »Ich habe behauptet, dass er es nicht war. Ich habe die Ganoven anders beschrieben.«

Oliver lebte. Tränen schossen mir in die Augen. »Das Geld …?«

»Ist verloren. Es ist bitter für uns, weil wir sowieso schon knapp dran sind, und ich hatte einiges damit vor. Aber wenn du denkst, dass dein Bruder sich ändern kann, will ich das ebenfalls glauben. Ein Menschenleben ist mehr wert als alles Geld der Welt.«

Ich blinzelte die Tränen fort. »Danke.«

Aurelia ging weiter in den Park hinein und ich folgte ihr. Die Wiesen waren mit Schnee bedeckt. Unser Atem bildete weißsilberne Wolken in der Luft. »Ich wollte nur nicht, dass meine Eltern von der Sache erfahren«, sagte sie. Dann zeigte sie auf ein verschneites Wiesenstück. »Siehst du die Veilchen dort?«

Veilchen? Im Winter?

»Und die Hyazinthen«, sagte sie, »es gibt fünfzig verschiedene Arten davon, wusstest du das? Und hundertvierundfünfzig Tulpenarten. Die Blumen sind alle da, sie schlafen nur. Wenn es warm wird, werden sie hier blühen.«

Sie zeigte mir Malven und Löwenmaul, Afrikanische Tagetes, Taglilien, Wunderblumen, Lobelien und Schwertlilien, und plötzlich sah ich sie, gelbe und violette und rote Blumen, Beete, mit Kieselsteinen eingefasst, und darauf Schlüsselblumen in vielen Farben. Aurelia erweckte sie zum Leben.

Hinter einem kleinen Mäuerchen standen Nussbäume. Der schneebedeckte Boden war mit dunklen Schalenresten gesprenkelt.

Ich sagte: »Hattet Ihr gar nicht die Pocken als Kind?«

»Warum fragst du?«

»Weil Ihr so schön seid.« Hatte ich das gerade wirklich ausgesprochen? Ich spürte, wie meine Pulsader am Hals pochte. Aurelia anzusehen, wagte ich nicht.

»Doch, hatte ich.« Sie lachte. »Aber ich hatte sie nicht so schlimm wie manche andere.« Sie nahm die Kopfbedeckung ab und ließ ihr gelocktes dunkles Haar über ihre Schultern fallen.

Legte sie es darauf an, mir noch ärger den Kopf zu verdrehen? Frauen hatten im Freien immer eine Kopfbedeckung zu tragen, es war ungehörig, was sie tat, auch wenn mir ihr Haar so gut gefiel, dass ich um nichts in der Welt wollte, dass sie es wieder bedeckte.

Der Wind wehte leise klirrende, gefrorene Schneekristalle von den Bäumen. Sie landeten auf Aurelias Haar und bildeten dort einen glitzernden Schleier. Ich konnte nicht mehr anders, ich sah zärtlich zu ihr hinüber, zugleich bange, dass sie meine Blicke bemerken könnte.

»Ich musste neulich an das Globe Theatre denken«, sagte sie. »Warum habt ihr Puritaner sämtliche Theater schließen lassen? Warum seid ihr so dagegen?«

Die Antwort auf diese Frage lag doch auf der Hand. »Das Globe hatte riesige Zuschauermengen«, sagte ich, »manchmal dreitausend Leute für eine einzige Vorstellung. Viele von ihnen jung und leicht zu verführen. Das hat Diebe angelockt, Bettler, Prostituierte. Und manche Theaterstücke waren wirklich abstoßend. Es gab Faustkämpfe, Sauferei. Und Krankheiten haben sich verbreitet.«

»Unsinn. Ihr mögt es nicht, wenn es bunt ist, wenn gefeiert wird. Ihr mögt die Künste nicht.«

Stimmte das? Hatten wir eine Abneigung gegen die Künste? Sicher, wir waren beim Singen schwerfällig und Instrumente waren im Gottesdienst nicht gestattet. Ich war darin stark von Onkel Nehemiah geprägt, flotte Musik kam mir immer etwas verrucht vor und Tanz … diese aufreizenden, unmoralischen Bewegungen, das Fußgestampfe, die wollüstigen Lieder und Verse, das Umarmen … empfand ich als Gefahr.

Dass Aurelia aber glaubte, wir Bekenner würden die Künste bekämpfen, hing sicher mit ihrem Gottesdienstbesuch bei uns zusammen. Die schlichten weißen Wände stachen ins Auge, wenn man wusste, wie bunt die Kirche früher ausgemalt gewesen war. Dabei ging es uns doch nur darum, Darstellungen Gottes zu verhindern und natürlich das Anbeten von Heiligen oder Kreuzen. Im Gottesdienst hatte nur das seinen Platz, was durch die Schrift gerechtfertigt werden konnte.

»Wisst ihr das überhaupt noch«, sagte sie, »dass wir früher Maispiele hatten mit Pferderennen und Wettlaufen und Weitspringen, Vorschlaghammer-Werfen und Moriskentanz? Kannst du dich an Fußball erinnern, dieses Spiel mit einer Pforte auf jeder Seite? Alles musstet ihr verbieten. Dabei hat euer Cromwell selbst Fußball gespielt während seines Studiums. Die besten Spieler lässt man bei der Pforte, um sie zu beschützen, die anderen Spieler schießen den Ball und versuchen, ihn durch die feindliche Pforte zu treiben. Das war doch nichts Verwerfliches, das war ein Vergnügen.« Ihre Augen leuchteten.

War das die Verführung, vor der Pfarrer Culpeper immer so eindringlich warnte? Mein Traum und der Kuss, den wir darin getauscht hatten. Mein Wunsch, Aurelia auch gedanklich nahe zu sein, die Welt zu sehen wie sie.

Wir erreichten einen abgelegenen Teil des Parks. Hier war der Schnee auf den Wegen noch unberührt. Aurelia sagte: »Früher hat man zu Pfingsten gefeiert und getanzt und zwar bei der Kirche. Es gab Sport und Spiele. Und man konnte kleine Pfingstkuchen kaufen. In einem Käfig konnte man eine Eule bestaunen und in einem anderen einen Falken, die man beim richtigen Namen nennen musste, ›Den Papageien der Dame‹ und ›Den Nussknacker der Dame‹, wer das falsch machte, musste eine Strafe bezahlen oder als Pfand seinen Hut dalassen, das gab ein Riesengelächter, vor allem, wenn die Studierten aus Oxford es falsch gemacht haben.«

Ich wollte ihr die schöne Erinnerung nicht verderben. Aber ich konnte nicht anders, ich sagte: »Es gab auch Bulldoggen, die einen Bären angreifen und wild machen mussten, und der Bär war an einen Pfahl gekettet.«

Sie hörte gar nicht darauf. »Früher standen in London auf vielen Kreuzungen Maibäume, die man mit Blumen und Bändern schmücken konnte. Ihr habt sie alle entfernt.«

»Für den Verkehr ist es besser.«

»Die Leute vermissen sie.« Aurelia blieb stehen. »Stimmt es, dass ihr lehrt, wenn ein Kind geboren wird, legt Gott fest, ob es verdammt ist oder gerettet? Und dass unsere guten Taten vor Gott Sünde und Schmutz sind?«

»Ihr verdreht das alles.«

»Dann erklär's mir.«

Ich konnte nichts erklären. Verzweifelt versuchte ich, Gedanken einzufangen, festzuhalten, zu formulieren. Alles, was ich wusste, war, dass ich dieses Mädchen liebte.

Schließlich sagte sie: »Kann es sein, dass Menschen ein weicheres Herz haben als Gott? Dass sie liebevoller sind als der Erfinder der Liebe?«

»Er ist aber auch der Erfinder der Gerechtigkeit«, sagte ich. »Liebe ohne Wahrheit wird beliebig.«

»Ja, und Wahrheit ohne Liebe übt Gewalt aus.«

»Ohne die Wahrheit ist ein Baum kein Baum und ein Lob kein Lob. Eine Auffassung keine Auffassung. Ein Gespräch kein Gespräch. Wir brauchen die Wahrheit, so wie wir die Trennung zwischen Luft und Wasser brauchen.«

Sie sah plötzlich traurig aus. »Es klingt gut, wie du das sagst. Aber euer harter Gott, der Tanz und Farben und schöne Lieder verbietet, das ist nicht der Gott, an den ich glaube.«

Wie betäubt traten wir den Heimweg an. Der Hyde Park, der mir eben noch so märchenhaft erschienen war, kam mir plötzlich kalt und ausgestorben vor. Unter der dünnen Schneedecke lag verrottendes Laub und in den Bäumen hockten Krähen.

Ich hatte auch, als wir wieder unter Menschen kamen, das Gefühl, dass man uns skeptisch musterte, obwohl Aurelia längst ihre Haube aufgesetzt hatte. Ihre Kleidung war teuer, meine armselig. Die Männer hatten die Eigenart, mit dem Blick besonders lange auf Aurelia zu verweilen.

Sie sagte: »Komm, ich zeig dir was.«

Was denn? Niedliche kleine Hasen, um Gottes liebevollen Blick auf diese Welt zu beweisen? Ein Neugeborenes? Man konnte es sich nicht so leicht machen und nur das Schöne betrachten und dann behaupten, Gott sei bloß sanft und liebevoll.

Überhaupt sollte Aurelia sich nicht einbilden, in der Position der Lehrenden zu sein. Sie konnte auf dem Globus die Länder benennen und kannte viele Blumenarten. Aber was die Bibel und den Glauben anging, kannte ich mich höchstwahrscheinlich besser aus.

Wir erreichten das Haus ihrer Familie, aber sie führte mich nicht die Treppe hinauf, sondern hinab in den Keller. Dort zündete sie vor einer Brettertür eine Kerze an und bat mich, hier zu warten, sie müsse einen Schlüssel holen.

Tatsächlich war die Tür mit einem übergroßen Schloss gesichert, dessen Bügel durch die Löcher zweier Eisenwinkel geführt worden war. Es dauerte lange, bis Aurelia zurückkehrte.

Sie flüsterte: »Ich musste einen geeigneten Moment abwarten. Niemand darf wissen, dass du hier unten bist.« Mit einem wuchtigen Schlüssel öffnete sie das Schloss.

Zuerst beleuchtete die Kerze nur ein paar alte Decken. Doch als Aurelia sie behutsam herunterzog, offenbarten sie Bilder mit biblischen Szenen, Altarsteine, Kreuze, liturgische Gewänder für die Messe, verzierte Brüstungen, Heiligenstandbilder, geschnitzte Figuren und Kirchenbücher und Gefäße.

Das war die alte Welt! Das war katholisch, »papistisch«, würde Onkel Nehemiah sagen, wir waren doch froh, dass es vorüber war und abgeschafft. Die geraubten Schätze faszinierten mich und stießen mich gleichzeitig ab. Vor allem ärgerte mich ein Gemälde der Dreieinigkeit mit Gott als Vater auf den Wolken, das an einem Heiligenstandbild lehnte. »Ich will so etwas nicht sehen«, murmelte ich.

»Warum nicht?«

»Niemand kann Gott zu Gesicht bekommen, nicht einmal Mose konnte ihn sehen, er hat sein Gesicht verhüllt, als Gott vorübergegangen ist, nur die Stimme konnte er hören. Man darf kein Bildnis von ihm machen, so steht es in den Zehn Geboten.«

»Das ist Unfug. Man darf kein Bildnis von ihm machen, *um es anzubeten*. So steht es drin.«

Aurelias Bibelkenntnis verblüffte mich. Ich sagte: »Aber auch wenn man es nicht anbetet, raubt ihm jedes Bild etwas von seiner Herrlichkeit. Bilder lügen.« Ich sah wieder hin. Der Bärtige auf den Wolken strahlte Entschlossenheit und Macht aus. Er gefiel mir. Musste ich mich innerlich dagegen wehren?

»Worte lügen genauso«, sagte sie. »Du kannst doch etwas nicht verdammen, nur weil damit auch Schindluder getrieben werden kann. Dann müsstest du sämtliche Messer verbieten, weil man sich verletzten kann, und Mann und Frau dürfen nicht mehr beieinanderliegen, weil es auch den Beischlaf außerhalb der Ehe gibt.« Trotzig hielt sie meinen Blick, auch wenn sie etwas errötete. »Die Bilder sind Bücher für die Menschen, die nicht lesen können.«

Falsche und verlogene Bücher, wollte ich sagen. Dennoch sah ich noch mal hin. Mit welcher Kunstfertigkeit diese Bilder gemalt waren, die Augen, die Engelsflügel … Sie vermittelten eine Ahnung von der Pracht der himmlischen Wesen.

Und Petrus mit dem Schlüssel. Von der hölzernen Statue war bereits etwas die Farbe abgerieben und sie war eingestaubt. Dennoch wirkte Petrus sehr präsent, der mächtige Bart, die dunklen Gesichtszüge – seine Raumgewalt verblüffte mich. Obwohl seine Augen sich nicht bewegten, konnte man meinen, er würde jeden Augenblick zu atmen beginnen. Die Figur musste schwer sein. Wer hatte sie in den Keller geschleppt?

Ich musste zugeben, dass die Figuren und Gemälde die Welt geheimnisvoller machten. Größer.

Aurelia sagte: »Erinnerst du dich an die Kirchenfenster aus buntem Glas? Sie haben sich herrlich zu Bildern zusammengefügt. Es gibt noch welche, mein Vater hat mir die Kirchen gezeigt, in York und Cambridge und Chester und Durham und in der Westminster Abbey. Es ist zauberhaft, wenn das Licht durch diese Fenster auf den Kirchenboden scheint. Ja, es war falsch, solche Bilder anzubeten. Aber es war nicht falsch, dass Menschen unseren Herrn Jesus in einem Bild dargestellt haben oder seine Apostel oder die Schöpfung.«

Ich war dabei gewesen, als Nehemiah und andere Männer mit langen Stangen die Kirchenfenster einschlugen, als sie die Kreuze aus den Kirchen trugen und klein hackten und steinerne Kreuze auf dem Kirchhof mit dem Vorschlaghammer zu Staub zertrümmerten, ich hatte sogar mitgeholfen, eine bemalte hölzerne Statue aus dem Kirchfenster zu wuchten und in die Themse zu werfen, obwohl ich damals noch ein halbes Kind gewesen war. Die Euphorie unter uns, endlich reinen Tisch machen zu können! Onkel Nehemiah hatte von der »gesegneten Reformation« gesprochen, die endlich »mit Freuden beginnen« könne, jetzt, wo der Götzendienst beseitigt war.

Ich sagte: »Früher brauchte man nicht so viel Licht in der Kirche.« Aber meine Stimme war heiser und wenig überzeugend. »Das Glas war dunkler, das Farbige, meine ich. Jetzt kann man besser lesen. Früher haben sie nicht so eifrig ihre Bibeln dabeigehabt.«

»Ihr Puritaner habt ein Altarbild von Rubens in die Themse geworfen und für immer vernichtet, aus der Queen's Chapel am Somerset House.«

Aurelias Schönheit machte, dass ich ihr glauben wollte. Aber gab es nicht auch gute Argumente für meine Sicht der Dinge? Ein schlichtes Kircheninneres half dabei, Gottes Wort zu hören und sich durch nichts davon ablenken zu lassen. Was sprach dagegen, wenn der Tisch für das Abendmahl ein einfacher Holztisch war? Hatte Jesus das erste Abendmahl etwa von einem Tisch mit Gemälden und Goldverzierungen gereicht?

Diese bestickten Tücher, die Weihwasserbecken, das war doch alles Blendwerk, Calvin und Zwingli hatten recht, Aberglauben und Götzenverehrung gehörten nicht in eine Kirche.

Und selbst wenn es bloß Schönheit war, die sich in den Bildern ausdrückte – sie lenkte von der Wahrheit ab. Sie lullte die Betrachter ein und verführte zum Staunen, wo doch ehrliche innere Prüfung gefragt war.

»Ihr bekämpft sogar das Kreuz«, sagte Aurelia.

»Weil es abergläubisch angebetet und missbraucht wird. Wir bekämpfen nicht den Gekreuzigten.« Es war schwer, ihr gegenüber den Boden zu bewahren.

»Um Anbetung geht es gar nicht, ihr bekämpft sogar das Zeichnen des Kreuzes in der Luft.«

»Warum sagt Ihr all das? Warum greift Ihr mich an?«

»Nicht dich. Es ist …« Wir traten aus der Kammer und Aurelia verschloss sie. »Ich hatte gehofft, dass dir die Bilder gefallen.« Sie sah mich an und sah wieder fort. Die blauen Augen erschienen mir plötzlich dunkler. Ihr Mund zuckte, als wollte sie noch etwas sagen, das sie sich aber verbiss.

Dieses Glaubensthema machte uns alles kaputt. Wir brauchten einen neutralen Boden. »Ich habe ein wenig Geld angespart«, sagte ich. »Hättet Ihr Lust, mit mir die Löwen in der Menagerie im Tower anzusehen?«

»Lass doch das alberne Ihr.« Sie knickste anmutig. »Aurelia Fox, zu Euren Diensten. Morgen Vormittag?«

Den Rest des Tages eilte ich von Haus zu Haus, um mit der Arbeit aufzuholen und die Kunden nicht zu verlieren.

Auf dem Dach des öffentlichen Pumpenhauses saß eine Krähe. Sie plusterte sich auf, wippte mit dem Kopf und ließ aus ihrem leicht geöffneten Schnabel »Kerr!-Kerr!«-Laute vernehmen. Es sah aus, als wollte sie jemanden anschreien. Sie schimpfte die Welt an: den grauen Novemberhimmel, den Ostwind, den gefrorenen Schnee auf den Dächern.

Ich aber war wie von innen gewärmt, weil ich die Vorfreude mit mir trug.

Aurelia

Den ganzen Nachmittag arbeitete sie an ihrer Aussteuer. Freiwillig hatte sie sich ans Fenster gesetzt, um eine weitere Tischdecke zu besticken. Trotzdem war es am Abendbrottisch sonderbar still. Mutter fragte nicht nach dem Vorankommen, obwohl ihr die Aussteuer sonst immer so wichtig war. Sie erwähnte die Aussteuertruhe überhaupt nicht.

Es gab geröstetes Birkhuhn. Jeder schien in Gedanken versunken zu sein. Urplötzlich sagte Mutter: »Man hat mir Ungeheuerliches berichtet.« Sie sah Aurelia nicht an, sondern blickte starr geradeaus.

Vater zögerte kurz, dann führte er ein weiteres Stück Fleisch zum Mund, als fürchtete er, dass die Mahlzeit nach der Offenbarung bald zu Ende sein würde.

»Du und dieser Wasserträger, ihr wart im Hyde Park.« Jetzt wendete Mutter ihren Blick Aurelia zu. »Ich will, dass so etwas nie wieder vorkommt.«

»Und wieso nicht?«, fragte sie.

»Wieso nicht? *Wieso nicht?* Wenn sich herumspricht, dass du jedem Dahergelaufenen diese Ehre erweist, wird sich bald kein Mann mehr finden, der dich ehelichen will!«

»Er ist nicht dahergelaufen.« Von dem Überfall durch seinen Bruder durfte Mutter nie etwas erfahren. Bis sie bemerkte, dass die teuren Muscheln verschwunden waren, würde ihr noch eine gute Ausrede einfallen.

Vater sagte zwischen zwei Happen: »Du solltest solche unvernünftigen Spielereien wirklich sein lassen.«

»Gerade in dieser Zeit«, setzte Mutter nach, »setzt du das bisschen an Ruf aufs Spiel, das wir noch haben. Hast du daran mal gedacht? Müssen wir auch noch eine Gouvernante durchfüttern? Wenn du es partout nicht einsehen willst, finde ich eine für dich.«

Die Welt war im Aufruhr, und Mutter wollte sich um eine Gouvernante kümmern, damit sie, Aurelia, nicht unbeobachtet mit einem Mann spazieren ging, der nicht ehrenhaft genug für die Familie war.

Kam sich eigentlich jeder Mensch so vor, als würde er in einem besonders widersinnigen, absurden Zeitalter leben?

Am Abend schlüpfte Aurelia in ihr langes Nachthemd und kroch unter die frisch bezogene Bettdecke. Falten teilten den Bezug längs und quer in große Rechtecke, weil Betty ihn in der Wäschepresse gehabt hatte. Er duftete nach Lavendel.

Sie dachte an John. Sicher lag er deutlich unbequemer. Warum war sie ihn heute so angegangen? Er war ihr eben nicht gleichgültig, sie nahm ihn und sein Denken ernst, weil er ihr etwas bedeutete.

Sie hatte immer gehofft, dass es einmal einen Mann geben würde, der sie interessierte und innerlich bewegte. Nie wäre sie darauf gekommen, dass dieser Mann ein Wasserträger sein könnte.

In das untere Fensterdrittel, das man hochschieben und mit einer Sperrklinke befestigen konnte, hatte Betty schon die dicke Binsenmatte geklemmt, um den kalten Luftzug zu verringern. Nur noch wenige Tage, dann war Weihnachten.

Fror John? Sie musste ihn das morgen fragen. Eine Decke hatten sie sicher noch übrig im Haus.

Das Rattern eines Karrens weckte sie, der mit eisenbeschlagenen Rädern unten vorbeifuhr. Sie sah zum Fenster. Der Morgen graute schon. Leise erhob sie sich. In der kleinen Schüssel auf dem dreibeinigen Tisch wusch sie sich mit italienischer Seife die Hände und das Gesicht, dann tauchte sie ein Leinentuch ins Wasser, wrang es aus und rieb sich damit den restlichen Körper sauber.

Sie zog die Unterwäsche an, dazu ihre besten Strümpfe aus feiner Wolle und das gefütterte Unterkleid. Dann schlüpfte sie in das blaue Kleid. Tief ausgeschnittene Kleider mochte sie nicht, obwohl manche Frauen der puritanischen Strenge trotzten, indem sie, der französischen Mode entsprechend, den Busen zur Schau stellten. Für sie selbst kam das sowieso nicht infrage, ihre Brust war zu klein.

Sie nahm Salz auf den Zeigefinger und rieb sich damit die Zähne sauber. An das Zahnpulver aus der Apotheke konnte sie sich nicht gewöhnen, getrockneter Tintenfisch, Lehm und zerstampfte Korallen und dieser abscheuliche Geschmack, wer wollte sich damit die Zähne putzen?

Sie spuckte aus, goss sich aus dem Krug etwas Wasser in den Becher und trank. Dann kämmte sie sich die Haare. Der Kamm aus Buchsbaumholz war ein Geschenk ihrer Großmutter gewesen, beinahe jeden Tag dachte sie daran, wenn er weich und warm in ihrer Hand lag, so wie Großmutters Hand weich und warm gewesen war. Sie vermisste sie.

Kurz überlegte sie, ob sie Betty bitten sollte, das Haar zu einer Krone hochzustecken und die seitlich herabhängenden Ranken mit der Lockenschere zu bearbeiten. Aber dann konnte sie Mutter auch gleich ins Gesicht sagen, dass sie mit John ausging.

Wobei, war das nicht die Idee?

Am Frühstückstisch erzählte sie den Eltern, sie würde sich mit Freundinnen und mit Edmund Spilsbury treffen, dem eingebildeten Magistratensohn, um Primero zu spielen, ein Kartenspiel aus Italien.

Vater glaubte ihr kein Wort, er hatte sie schon immer besser gekannt. Aber Mutter glaubte es und darauf kam es an. Vater sagte: »Pass auf dich auf.« Er ahnte wohl, mit wem sie sich traf.

Bevor sie ging, betupfte sie ihre Handschuhe mit etwas Parfüm und führte – ganz leicht nur – mit Karmesinrot imprägniertes Papier über die Wagen, um ihnen einen rosigen Hauch zu geben. Die Vorstellung, dass man das Karmesinrot von trächtigen weiblichen Schildläusen gewann, die man auskochte, war ihr zuwider. Aber sie war sowieso sparsam mit all den kosmetischen Mitteln, sie benutzte kein Bleiweiß, weitete sich nicht mit Belladonna-Tropfen die Pupillen und klebte sich keine kleinen Pflaster ins Gesicht, wie sie momentan so beliebt waren. Ihre Schwestern trugen kleine Monde, Sonnen, Sterne, Schlösser, Vögel, Tiere oder Fische auf der Haut, was sie albern fand.

John wartete bereits vor der Zugbrücke zum Löwenturm. Er trug einen Hut, den er sicher nur geliehen hatte. Es berührte sie, dass er sich bemühte, für ihre Verabredung gut gekleidet zu sein.

Und er hatte Geld dabei, einen ganzen Haufen kleiner Münzen, und übernahm den Eintritt. Zu wissen, dass er für jeden einzelnen Penny schwere Wassereimer geschleppt hatte!

Sie überquerten die Zugbrücke. John tat so, als wäre er schon mal hier gewesen und völlig unbeeindruckt vom Geruch der Raubtiere und ihrem einschüchternden Aussehen. Sie hingegen tat so, als sähe sie es zum ersten Mal, um ihm eine Freude zu machen. Und ihr letzter Besuch der Menagerie war ja tatsächlich schon länger her.

Die Löwen verfolgten John und sie mit hungerglänzendem Blick. Der Gedanke, dass sie Menschen als Beute betrachteten, jagte ihr Schauer über den Rücken. Früher war durch ein königliches Dekret denjenigen der Eintritt erlassen worden, die eine Katze oder einen Hund zur Fütterung der Löwen mitbrachten, hatte einer der Bewerber mal erzählt.

Ihr persönlich gefiel der Tiger am besten, auch wenn er ihr leidtat in seinem winzigen Käfig. Den Löwen hatte man deutlich mehr Platz eingeräumt, sie lebten in einem kreisförmigen Gehege mit einer großen Zisterne, aus der sie mit halb eingerollter Zunge tranken, während sie vor sich hinstarrten, träge blinzelnd und unbekümmert darüber, dass ihnen das Wasser aus dem Fell der Schnauze tropfte. Aurelia wurde das Gefühl nicht los, dass die Löwen die Ruhe nur vortäuschten und eines Tages ihrem angestauten Zorn Raum geben würden, indem sie mühelose aus dem Gehege entkamen und die Besucher fraßen.

John gefielen die Adler. Einer der drei Vögel breitete seine Schwingen weit aus, als wollte er losfliegen, bevor er sie mit herablassendem Desinteresse an den Zuschauern wieder an den Körper faltete, als habe er nur kurz seine Macht demonstrieren wollen.

Vor dem Käfig der zwei amerikanische Berglöwen, Pumas genannt, standen einige feine Herren. Sie trugen gepuderte Perücken und weiche, gebeulte Stiefel mit Spitzenbesatz am herausschauenden Innenfutter. Ihre Hüte waren aus Biberfell, ein solcher Hut kostete locker vier Pfund. Als sie John bemerkten, wandten sie sich ab. Sie störten sich an Johns Gegenwart, der Tower war ihr Gebiet, da wollten sie nur ihresgleichen begegnen. Mit abschätzigen Mienen zogen sie weiter zum nächsten Käfig, nur einer von ihnen warf ihr einen kurzen interessierten Blick zu.

Demonstrativ hakte sie sich bei John unter. »Weißt du, wo ich gern mal hingehen würde?«, sagte sie. »Ins Gresham College. Da gibt es Vorlesungen zu Mathematik, Astronomie, Musik, Rhetorik … Ich habe gehört, nächste Woche geht es um die Entfernungen der Planeten von der Erde. Wäre das nicht spannend, zu erfahren, wie weit Saturn, Jupiter und Mars von uns weg sind?«

»Aber wie will man das ausmessen?«

»Keine Ahnung. Deshalb würde ich den Vortrag ja so gern hören. Jeder freie Bürger kann da hin.«

John war sichtlich fasziniert. »Auch ich?«

»Natürlich! Bloß ich darf nicht.« Während sie weiterschlenderten, erzählte sie ihm von der Schule für Mädchen draußen in Hackney auf dem Land, wo hundert Schülerinnen Musizieren, Tanzen, Kalligrafie, Haushaltsführung, Kochen und Sticken lernten, und vom dortigen Mädchenorchester mit Lauten und Gamben, Cembalo und Orgel. »Aber das ist nicht das Richtige für mich. Sticken! Ich weiß schon, es ist eine Kunst, drei Seidenfäden in ein Nadelöhr einzufädeln und dann darauf zu achten, die Fäden so durch den dicken Satinstoff zu ziehen, dass sie parallel liegen. Aber was hat man davon, wenn jede Schubladenvordersicht mit einem anderen Bild bestickt ist, biblischen Szenen aus dem Alten Testament oder antiken Göttern, oder wenn die Bettvorhänge mit hübschen Insekten bestickt sind? Ich möchte die Sprachen lernen wie ein Mann und dann hinausreisen in die Welt. Wenn man uns Frauen die Chance geben würde, könnten wir beweisen, dass unser Verstand genauso fruchtbar ist wie der eure, und wir nicht nur zur Fortpflanzung und zur Verschönerung des Hauses taugen.«

Er sagte: »Dann halte dich an uns Bekenner. Bei uns dürfen Frauen predigen. Und lesen. Wir haben nichts dagegen, wenn eine Frau Französisch und Englisch und Latein lernt, wir finden das sogar gut.«

Wie passte das zu den engstirnigen Puritanern? Ihr Bild, das sie von ihnen hatte, war wohl nicht ganz vollständig. »Die Leute sagen, Frauen sind nicht dazu geboren, zu lesen und sich zu bilden. Sie sollen für die Kinder sorgen, dem Ehemann gehorsam sein, sich um Kranke und Arme kümmern. Sie sagen, wir Frauen hätten keinen Verstand für höhere akademische Fragen, die Wissenschaften und die Philosophie. Aber es hat noch keiner ausprobiert! Wenn eine Frau an der Universität zugelassen wäre und lernen könnte wie ein Mann, ich sage dir, dann würde sie genauso einen Doktortitel in Medizin oder Theologie erwerben.«

»Sind die Vorlesungen am Gresham College in Latein?«, fragte er.

»Nein, die werden auf Englisch gehalten. Du könntest dort wirklich hingehen.«

»Meinst du, ich würde was verstehen? Nicht, dass sie einen am Eingang prüfen, jeder kriegt eine Aufgabe und mich fragen sie dann: Wenn zwölf Schreibgehilfen 144 Blätter in 12 Stunden schreiben können, wie viele müssen angestellt werden, um dieselbe Anzahl an Blättern in 3 Stunden zu schreiben? Ich würde bloß dastehen und rumdrucksen.«

Sie lachte so sehr, dass die Perückenträger sich umdrehten, und er lachte mit.

»Aber stell dir vor«, sagte sie, noch etwas außer Atem, »wenn man zu diesen Planeten reisen könnte. Es sind alles nur Zahlen, schaffbar müsste es sein. Wir können doch auch nach Danzig fahren, nach Rom oder nach Alicante, wenn uns dort nicht gerade türkische Piratenschiffe entern. Wir können nach Tanger, Venedig, Barbados.«

»Oder nach Indien.«

»Ja! Das ist nur drei Monate entfernt von uns. Oder Amerika, da muss es Tausende Quadratmeilen Land geben, die kaum besiedelt sind, einen ganzen Kontinent, der nur auf seine Entdecker wartet.«

»Japonia«, sagte er.

»Die Philippinen.«

»Die Molucca-Inseln.«

Sie prustete. »Gibt's die?«

»Natürlich. Ich hab mich früher viel am Hafen rumgetrieben. Da hört man so einiges.«

Als sie die Menagerie verließen, hielt Aurelia weiter Johns Arm. John war nicht stämmig gebaut, aber sein Arm besaß Kraft. Sie drückte prüfend ihre Finger an seinem Oberarm zusammen und er prustete.

Während sie gingen, rutschte allmählich ihre Hand an seinem Arm hinab. Es geschah wie versehentlich, auch wenn ihr

Herz jedes kleine Stück mit beschleunigtem Schlagen beantwortete. Schon rührte sie fast mit den Fingerspitzen an sein Handgelenk.

John sah stur nach vorn. Beide konnten sie nichts mehr sagen, der innere Aufruhr raubte ihnen die Fähigkeit, Worte zu finden.

Ihre Hände fanden sich.

Seine Hand war warm und groß. Sie hatte Schwielen. Untergehakt zu gehen, war das eine, aber Hand in Hand, das war eine Nähe, die sie noch nie mit einem Mann erlebt hatte. John, sagte sie in ihrem Inneren. John.

Natürlich guckten die Leute. Manche lächelten auch. Je näher sie ihrer Straße kamen, desto unwohler wurde ihr. Mutter glaubte, sie sei beim Kartenspiel. Johns Hand loslassen wollte sie aber auch nicht, was, wenn sie diese Hand nie wieder halten durfte?

Im letzten Moment, bevor sie in ihre Straße einbogen, löste sie sich aus seiner Hand und flüsterte: »Das war schön.«

»Ja«, sagte er. Nicht mehr. Aber mehr brauchte es auch nicht.

John

Vor dem Haus dachte ich bereits darüber nach, wann und wie ich sie wiedersehen konnte, auch wenn meine Rücklagen kaum noch ein Eintrittsgeld hergaben. Dann sparte ich eben, bis ich sie ins Kuriositätenkabinett im Arundel House einladen konnte, und im Frühjahr konnten wir ein Picknick machen auf den Finsbury Fields, wo die Windmühlen knarrten, ein idyllischer Ort, dort würde ich wieder ihre Hand nehmen, ach, wenn ich Aurelia doch jeden Tag sehen könnte und jeden Tag so ihre Hand halten dürfte!

Vielleicht konnte ich sie morgen, wenn ich das Wasser brachte, überreden, mir auf dem Virginal ein Musikstück vorzuspielen?

Gerade wandte ich mich ihr zu, um mich zu verabschieden, da wurde die Tür aufgerissen und ihre Mutter erschien, rot im Gesicht und mit einem Blick wie eine Irre aus dem ›Bedlam‹, und schrie: »Du wirst diesen Taugenichts nie wiedersehen!« Sie packte Aurelia und zerrte sie ins Haus.

Entsetzt stand ich da, unfähig, mich zu bewegen oder etwas zu erwidern, ich spürte nur, wie mir die Hitze ins Gesicht schoss.

Die Leute auf der Straße, Kinder, Erwachsene, alle starrten mich an. Was mussten sie denken! Dass ich mich an Aurelia vergangen hatte. Oder doch im Mindesten, dass ich versucht hatte, mit ihr davonzulaufen, ehrlos, kurzsichtig auf rasches Vergnügen bedacht, um sie, sobald unser gestohlenes Reisegeld aufgebraucht war, in ein Armenhaus zu verstoßen.

»Das ist doch der Wasserträger«, sagte ein Mann mit Halbglatze.

Eine streng dreinblickende Frau mit tief liegenden Augen nickte.

Mühsam machte ich kehrt unter all den Blicken, ich bewegte mich, als wäre die Luft dick wie vergifteter Pudding. Vor Scham bekam ich kaum noch Luft.

Ein älterer Mann trat neben mich, der Aurelia entfernt ähnlich sah, und sagte: »Komm bitte rein.«

Ihr Vater?

Ich folgte ihm ins Haus, in die Werkstatt. Hatte es nicht eben noch geheißen, ich solle nie wiederkommen? Er bot mir einen Schemel an und setzte sich mir gegenüber. Seine Werkstatt unterschied sich deutlich von der meines Onkels, hier waren die Werkzeuge feiner und auf den Tischen lagen Zifferblätter von Uhren, feine Kästchen aus Schildplatt und Knöpfe aus weißem Elfenbein. Aber es war still hier, keine Lehrlinge arbeiteten und keine Gesellen.

Er sah besorgt aus. Sein Blick ging an mir vorbei, als sei er mit den Gedanken in der Ferne. »Mir ist klar, dass Aurelia an der Sache mindestens genauso schuld ist wie du.«

Ich zitterte innerlich, das Geschrei da draußen saß mir noch in den Gliedern. Trotzdem brachte ich heraus: »Wir haben gegen kein Gesetz verstoßen.«

Jetzt sah er mich an. »Du bist doch hoffentlich nicht einer von denen, die sich weigern, vor einem Adligen den Hut zu ziehen, oder?«

Er hielt mich für einen Quäker. Die duzten alle, aus Prinzip, wegen Apostelgeschichte 10,34. Einmal hatte ich miterlebt, wie ein Magistrat gereizt auf die Ansprache durch einen Quäker reagierte, er brüllte ihn an: »Du duzt mich, du ungezogener Geck?«

Quäker weigerten sich auch, zu jemandem »Sir« oder »My Lord« zu sagen, ein Knie zu beugen, zu knicksen oder anderen äußerlichen Höflichkeitsregeln zu folgen. Komplimente hielten sie für heuchlerische Lügen, stattdessen bemühten sie sich um einfache Rede, undiplomatisch und geradeheraus.

Weil Christus laut Lukas 10,4 gesagt hatte, man solle keinen auf dem Weg grüßen, sagten sie weder »Guten Abend« noch »Guten Morgen«, sie verabschiedeten sich nicht mal, wenn sie irgendwo zu Besuch waren, sodass man nie wusste, ob sie nur mal austreten gegangen waren oder sich endgültig empfohlen hatten.

Onkel Nehemiah war mit einigen Quäkern befreundet. Ich schätzte sie, auch wenn ich nicht alle ihre Ansichten teilte.

Sie begrüßten mich, indem sie meine Hand nahmen, sie fest drückten und die andere Hand dazulegten.

Dass ich so lange schwieg, machte Aurelias Vater stutzig. Er musterte mich jetzt genauer.

Ich sagte rasch: »Ich bin kein Quäker. Aber viele bringen das durcheinander.«

Die Quäker übersahen, dass das Leben nicht ohne ein gewisses Maß an Verstellung funktioniert. Es ist eine Lüge, von seinem Diener zu verlangen, er soll an der Tür behaupten, man sei nicht zu Hause. Aber was ist die Alternative? Wenn der Diener der betreffenden Person ins Gesicht sagen würde, dass man sie momentan nicht sehen will, wäre das eine derbe Verletzung. So aber kann sich die Person denken, dass ihr auf höfliche Art für heute abgesagt wurde.

Was soll man einem mittelmäßigen Dichter sagen, der einem seinen neuen Psalm vorträgt? Soll man ihm sagen, dass man ihn scheußlich findet? Oder ist es doch besser, ein zurückhaltendes Lob zu finden, zum Beispiel, dass er interessant ist? Eine Aussage dieser Art zeigt guten Willen und hilft dem anderen, sein Gesicht zu wahren.

Ich sagte: »Der Glaube lehrt Freundlichkeit, nicht Unhöflichkeit und Brutalität, er verlangt nicht, dass man andere vor den Kopf stößt.«

»Ein Puritaner bist du doch?«

»Die gibt es gar nicht. Puritaner, das ist bloß ein Schimpfwort unserer Gegner. Wir sind aus vielen Bewegungen zusammengesetzt, nur für den Bürgerkrieg haben wir uns verbündet.«

Ich merkte, dass meine Hände zitterten, und verbarg sie hinter dem Rücken.

Aurelias Vater nickte. »Ich will's dir gleich sagen. Ich halte den Bürgerkrieg für ein großes Unglück. Seit der König besiegt ist, werden die Menschen zu reißenden Wölfen. Ratsherren werden gedemütigt, Häuser werden beschmiert, und in den Kneipen reden sie davon, wie sie jemandem den Hals umdrehen werden. Ich halte die meisten von euch für Heuchler.« Er sah mich an mit einer beinahe kindlichen Offenheit. »Du bist es vielleicht nicht. Aber der Gedanke, heiliger zu sein vor Gott und sich damit seine besondere Liebe zu verdienen, ist absurd. Wir sind alle Menschen, auch ihr.«

Erzählte er mir das, um mir klarzumachen, warum ich Aurelia nicht wiedersehen durfte? Oder damit ich künftig wusste, woran ich bei ihm war? Ich war mir unsicher. »Eure Gemahlin …«

»Das ist das nächste Problem. Sie wird dich nie akzeptieren.«

Er musste Royalist sein. Die meisten Männer, die für König Charles in die Schlacht gezogen waren, hatten nach der Niederlage das Land verlassen oder waren in den Untergrund gegangen. Oft ließen sie eine Familie zurück, die jetzt den Handwerksbetrieb oder das Gut verwaltete. Aurelias Vater war geblieben. Aber ich sah, dass das Geschäft nicht gut lief.

Ich sagte: »Der König wollte uns reinlegen. Man hat doch seine Geheimbriefe gefunden und veröffentlicht.«

»Das Glück eines Königreichs besteht in der Ausgewogenheit zwischen dem Vorrecht des Königs und der Freiheit der Untertanen. Nie wird es dem Land gut gehen, wenn die zwei nicht Hand in Hand gehen. Erdrückt das Vorrecht des Königs die Freiheit des Volks, wird es zur Tyrannei. Untergräbt die Freiheit das Vorrecht, wird sie sich zur Anarchie auswachsen.«

Der Mann wusste, was er sagte. Seine Gedanken beeindruckten mich. Warum hörte ich solche klugen Sätze nicht bei Onkel Nehemiah? Ich beneidete Aurelia um ihren Vater.

»Aber die Menschen wollen Veränderung«, sagte ich, »sie wollen Reformen.«

Aurelias Mutter platzte herein. »Raus mit ihm«, sagte sie.

Ich stand auf. »Ich bin nicht in der Gosse aufgewachsen. Ich gehöre zur Familie eines Feilenhauers, und er ist ein guter Handwerker, genauso wie Ihr einer seid.« Dabei sah ich zu Aurelias Vater. »Mag sein, dass unser Haus nicht in einer so guten Straße steht wie Eures, aber ich verspreche Euch –«

»Ich habe mich erkundigt«, unterbrach mich Aurelias Mutter. »Dein Vater war ein Trinker. Er hat sich zu Tode gesoffen.«

Etwas zerbrach in mir. Eine Hülle der Ordnung, in die ich mein Leben eingefriedet hatte.

Sie sagte: »Ich will, dass du auf der Stelle unser Haus verlässt.«

Aurelia

Sie hockte vor dem Globus. Drehte ihn sacht, immer wieder, immer wieder.

Betty brachte ihr einen Stuhl und einen Fußwärmer, in den sie mittels einer Klappe einen Metallpott mit heißen Kohlen stellte. Sie nahm Aurelia behutsam bei den Schultern und bugsierte sie auf den Stuhl, dann zog sie ihr die Füße auf die Deckplatte des Kastens. Die Wärme strömte durch die Löcher in der hölzernen Deckplatte des Fußwärmers. Betty legte Aurelia eine Decke um, die auch die Füße und den Kasten umfasste, sodass die Hitze in diesem Zelt blieb und sie angenehm durchwärmte.

Wieder drehte Aurelia am Globus. Jeder Ort wäre ihr recht. Jeder Ort der Welt, mit Ausnahme von London.

Mutter hatte John niedergeschrien, hatte ihn mit ihren Worten auf den Müll geworfen, ihn ausgeschlossen aus dem Leben ihrer Familie. Damit hatte sie auch ihr, Aurelia, die Freude am Leben genommen.

Vater rief sanft zum Essen, und sie stand zu ihrem eigenen Erstaunen auf, legte die Decke zur Seite und ging zum Mittagstisch. Sie setzte sich nicht, aber sie sah die Eltern an und sagte: »Habt ihr schon mal daran gedacht, dass er recht haben könnte? Dass die Puritaner recht haben könnten mit ihrer Ernsthaftigkeit? Wenn Gott der Schöpfer dieser Welt ist, gibt es nichts, was mit größerem Ernst behandelt werden müsste.«

»Wir sind doch gläubig«, sagte Mutter.

»Die Puritaner beziehen alles in ihrem Alltag auf Gott, jeden Handgriff, und wir lachen darüber. Aber was, wenn es so richtig ist? Alles hier trägt Gottes Handschrift. Wir vergessen das viel zu oft.« Sie wandte sich ab, um zu gehen. Nach essen war ihr wirklich nicht zumute. Bevor sie den Raum verließ, drehte sie sich noch einmal um. »Und übrigens«, sagte sie, »auch John trägt Gottes Handschrift.«

John

Es war dieselbe Kneipe, in der Vater immer gesessen hatte.

Die Suffköppe und Kartendrescher und das früh gealterte Weib – ich hatte das Gefühl, als hätte ich sie alle schon mal gesehen. Dabei lebten die Gestalten von damals sicher nicht mehr, dies hier mussten neue sein. Ich fühlte mich ihnen verwandt. Sie hatten wie ich erkannt, dass der fromme Schein da draußen eine Lüge war. Man konnte seinem Leben nicht entkommen.

Es gab keine Unterstützung für Träume, für Ziele. Nur die Pflicht, keine Schwierigkeiten zu machen. Es wurde von mir erwartet, dass ich mich begnügte.

Vater war gestorben an dem Zeug, das ich hier in mich hineinkippte. Was suchte ich hier? Was wollte ich beweisen? Dass ich den Berg bezwingen konnte, an dem er gescheitert war? Oder dass sein Scheitern unausweichlich gewesen war, so wie meines es sein würde?

Trank ich für mich oder trank ich für ihn? Man konnte mich treffen mit dem Urteil über meinen Vater, auch wenn ich mich noch so sehr von ihm distanzierte, ich liebte ihn bis heute und ich war sein Sohn. Der Sohn eines Trinkers.

Ale aus Malzgetreide und Wasser genügte nicht mehr, ich brauchte starkes Bier für Threepence die Gallone. Dazu genehmigte ich mir französischen Wein, der süße Wein von den Kanaren oder aus Spanien war zu teuer für mich, den französischen gab es für acht Pence den Quart, ich kannte Vaters Strategien.

»Zu schade, dass das Klima hier nicht wirklich zum Weinanbau geeignet ist«, sagte der Wirt. »Englischen Wein kann man vergessen.«

Ich nickte bloß, und er begriff, dass ich nicht reden wollte, und wendete sich anderen Gästen zu.

Ich trank, bis ich mich leichter fühlte im Kopf und bis mein Geldbeutel leer war. Den abgetragenen Mantel anzuziehen, fiel mir schwer, ich musste mir Mühe geben, alles so zu machen, als wäre ich nüchtern: den rechten Arm in den rechten Ärmel stecken, den linken Arm in den linken Ärmel.

Draußen ging ich nahe der Wand, um mich notfalls abstützen zu können. Ich wollte nicht, dass jemand bemerkte, dass ich betrunken war. War ich schon zu oft angestoßen? War mein Ärmel schmutzig? Ich versuchte, ihn abzustauben, ohne dabei umzukippen.

Die Leute guckten so komisch.

Endlich die schmiedeeiserne Gittertür des New Churchyard vor dem Bishopsgate. Ich öffnete sie und stolperte die Grabreihen entlang, bis ich Anne gefunden hatte. Dort sank ich auf die Knie.

Meine geliebte Schwester. Sie hat einfach nicht mehr aufstehen können. Mit zwölf Jahren ist sie an der Rachenbräune erkrankt und wurde verkrüppelt bis zur völligen Körpersteife.

Die Eltern hatten Unsummen ausgegeben damals, hatten jeden Arzt gefragt, jeden Quacksalber. Es stellte sich einfach keine Besserung ein. Anne lag den ganzen Tag auf der Bank, und wenn jemand eintrat, verdrehte sie die Augen, um ihn sehen zu können – nicht einmal den Kopf konnte sie bewegen.

»Weißt du noch«, lallte ich, »wie dich Papa abends ins Bett getragen hat, Anne? Jeden Abend, voller väterlicher Liebe. Er hat uns geliebt, Anne, er hat uns wirklich geliebt! Du kennst ihn nicht, wie er dann geworden ist. Er hat's doch bloß nicht verkraftet, dass du uns weggestorben bist.«

Ich sah hinüber zu Vaters Grab. Zu ihm konnte ich nichts sagen. Ich sah bloß hin und schwieg.

Das Gittertor quietschte. Ich sah mich um, zu schnell, die Gräber drehten sich. Nur langsam beruhigte sich der Friedhof. Halluzinierte ich? Oder war das Mutter?

»John.« Ihre Stimme war rau und tief. »Mein Johnny.«

»Woher weiß du, dass ich hier bin?«

»Pete hat mich geholt. Du warst im *Spencer's,* hast getrunken wie ein Loch, sagt er. Hab mir gedacht, dass du hier sein würdest.«

Dass sie überhaupt noch lebte, war eine Überraschung für mich. Jahre hatte sie sich nicht um mich gekümmert. Ich wollte sie nicht sehen. Und riechen schon gar nicht. Sie stank nach Schweiß und Urin und ungewaschenem Haar.

»Ich weiß, ich hab viel falsch gemacht«, sagte sie. »Aber du musst es nicht machen wie ich. Oder wie Steven.«

Sie nannte Vater beim Vornamen, als lebe er noch.

»Du bist gekommen, um mir das zu sagen, nach all den Jahren?«

Ihr Gesicht zuckte. »Für mich ist das auch nicht leicht.«

»Was ist nicht leicht?«

Ihre Hände suchten auf ihrer Kleidung nach Halt. »Glaubst du, ich hab mich nicht schuldig gefühlt? Keine Mutter lässt ihre Kinder gern im Stich. Ich war zu schwach. Hab das Leben nicht mehr ertragen.« Sie sah mich an. »Aber ich bitte dich: Mach es nicht wie ich. Es gibt irgendwann kein Zurück mehr.«

Weinte sie etwa? Das waren doch Tränen in ihren Augen. Aber ich konnte den Tränen nicht glauben.

»Ich hab gewusst, dass du bei Nehemiah und Mercy bist. Ich bin manchmal gekommen und hab dich heimlich beobachtet, beim Spielen, nur durchs Fenster hab ich geguckt, du solltest mich nicht sehen, so wie ich jetzt bin. Ich war so stolz, dass du ein ordentlicher junger Mann wirst, nicht wie Oliver oder Pete oder Vince, du hast es geschafft, du hast Arbeit und ein gutes Leben. Wirf das jetzt nicht weg.«

»Vielleicht ist das unser Schicksal. Vielleicht können wir nicht anders.«

»Wenn du es schaffst, John, dann hoffen wir, dass wir es auch können.«

Schon wieder durfte ich nicht ihr Kind sein, ihrer Fürsorge bedürfen – sie war bedürftig, sie erwartete von mir Hilfe. Aber Aurelias Mutter sollte nicht recht behalten mit ihrem Urteil über mich. »Wenn ich es tue, dann nicht für dich«, sagte ich, »und nicht für Oliver und Peter und Vincent.« Damit ließ ich sie stehen.

»Ja«, sagte sie leise hinter mir. »Ist gut, Johnny. Tu es für dich.«

Tante Mercy sah mich, als ich zu Hause die Treppe hinaufging, und wurde blass. »O mein Gott«, sagte sie. Eilig schob sie mich die Treppe hoch. »Schlaf dich aus, Nehemiah muss nichts davon wissen.«

Weich empfing mich das Bett. Als ich aufwachte, saß Onkel Nehemiah auf einem Stuhl neben dem Bett und sah mich wortlos an.

Ich richtete mich auf. In meinem Kopf zerplatzte ein Pulverfass. Ich presste die Hände an die Schläfen.

»Ich habe es kommen sehen«, sagte der Onkel. »Eine fein gekleidete Dame war hier und hat sich nach dir erkundigt. Sie hat gesagt, dass du dich mit ihrer Tochter triffst. John, ich habe mich so bemüht, dich in der Güte und Ermahnung des Herrn aufzuziehen. Ich hatte gehofft, dass du dem Weg des Herrn folgst.«

Meine pelzige Zunge schmeckte, als wären im Mund Äpfel verrottet.

»Willst du am Sonntag Kegel schieben und dich besaufen, profane Lieder heruntersingen und mit Frauen tanzen, an die du dich am nächsten Tag nicht mehr erinnerst? Fein, dann tu das und werde wie dein Vater. Aber sei dir gewiss, am Ende verkaufst du deine eigenen Schuhe für einen Krug Bier oder einen letzten Gebrannten.«

Ich schob meine Decke so an den Bettkasten des großen Ehebetts, dass ich mich dagegenlehnen konnte. »Soll ich jetzt jedem aus dem Weg gehen, der nicht glaubt so wie wir?«

»Du weißt, dass das Unsinn ist. Du musst ihnen ja begegnen, auf dem Markt, bei der Arbeit, auf der Straße. Und es ist gut und richtig, sie freundlich zu grüßen. Aber nähere Freundschaften mit ihnen sind nicht gut. Willst du unter Menschen sein, die Gottes Namen beleidigen, die schmutzig reden, die gegen gute Männer hetzen? Es ist unmöglich, mit einer Unbekehrten durchs Leben zu gehen.«

»Sie glaubt an Jesus Christus.«

»Also willst du sie bekehren? Sei vorsichtig, John. Erkunde erst, ob sie wirklich bereit ist, von ihrem Weg abzulassen und auf dem rechten Weg zu gehen. Was denkst du, warum ich nur gläubige Lehrlinge und Gesellen aufgenommen habe, auch wenn es große Mühe macht, welche zu finden?«

»Die anderen Menschen sind Euch egal«, warf ich ihm vor.

»Der Herrgott hat Samuel verboten, um Saul zu trauern, und Johannes sagt, es gibt Sünder, für die wir nicht beten sollen. Wir sollen keine Perlen vor die Säue werfen. Wir müssen den Menschen lieben und seine sündigen Wege verabscheuen.«

Noch vor einem halben Jahr hätte ich das so stehen lassen können. Aber ich war nicht mehr derselbe, die Begegnung mit Aurelia hatte mich verändert. »Seid Ihr Euch darüber im Klaren, dass Ihr hier vorgebt zu entscheiden, wer gerettet ist und wer nicht? Ihr spielt Euch als Richter auf, Onkel Nehemiah. Ihr wisst doch gar nicht, wen Gott erlöst und wen nicht!«

»Auch bei den Verlorenen gibt es Unterschiede, natürlich, es gibt lauwarme Christen, die Jesus ausspucken wird, und es gibt die durch und durch Bösen, bei denen alles verloren ist. Wenn sie eine lauwarme Christin ist, bist du berechtigt, sie zu ermahnen und zu rufen. Aber nicht mehr, hörst du. Keine intime Freundschaft.«

Ich lachte laut auf.

Nehemiah blieb ernst. Er sprach nicht als mein Onkel zu mir, in der Art, wie er dasaß und auf mich herabsah, spürte ich es, er sprach wie ein Richter. Ich war bereits aus seinem Herzen verstoßen, ich gehörte schon zu den anderen. Dies war sein letzter Versuch, mich zur Umkehr zu bewegen. »Welcher Mensch, der bei Sinnen ist«, sagte er, »würde zu einem Mann laufen, der über und über mit Pestbeulen besetzt ist? Ja, jetzt schaust du entsetzt, weil du sie nicht so siehst, du hältst die Gottlosen für freundliche und angenehme Gefährten. Aber du vergisst, dass sie mit dem großen Mysterium des gottgefälligen Lebens nicht vertraut sind und die Kraft innerer Heiligung nicht kennen und die Ernsthaftigkeit genauso wenig. Sie werden dich mit ihrer Sünde anstecken.«

»Nicht sie hat mich zum Trinken verleitet. Das war ich ganz allein.«

»John, sie kennt es nicht, den Sonntag ordnungsgemäß zu heiligen! Sie kennt nicht die Übung der Selbstprüfung. Weltleute wie sie denken, bürgerliche Anständigkeit rettet sie, und sie werden an die Tore des Himmels pochen ohne Erfolg, denn wir werden nicht durch heuchlerisches zeitweises Bravsein gerettet.«

Wenn bloß diese Kopfschmerzen nicht wären! Ich konnte kaum klar denken. Ich sagte: »Steht nicht auch in der Bibel: Freuet euch in dem Herrn allewege, und abermals sage ich, freuet euch?«

»Im Herrn, genau. Wir dürfen uns am Herrn freuen.«

Aurelia gehört also zu den Weltlichen. Aber ihr Lachen ist nicht boshaft, es ist wunderschön. Sie kann nicht verderbt sein. »Ihr bekämpft die Sünden der anderen doch nur so vehement, weil Ihr Angst habt, dass sie Euch verführen.«

»John, es gibt nur zwei Seiten. Die Leute, die es zu Predigten zieht, und die Leute, die es zum Tanz oder Sport oder anderem weltlichem Zeitvertreib zieht.«

Nehemiah meinte das ernst. Ihn zog es tatsächlich zu Predigten, er hörte nicht nur am Sonntagvormittag eine, sondern oft auch am Sonntagnachmittag (»eine Mahlzeit reicht nicht aus«), und wenn die Auftragslage es zuließ, ging er zusammen mit anderen Bekennern auch unter der Woche zu Predigten, und unterwegs sangen sie Psalmen und diskutierten das Gehörte.

Mir wurde langsam klar, dass das nicht mein Weg war. Dass ich einen anderen Weg finden musste. »Ihr habt immer gesagt, es ist Unrecht, wenn die Kirche behauptet, sie könne für den Gläubigen vor Gott einstehen. Jeder muss selbst vor Gott stehen und hat nur sein Gewissen als Leitfaden. Aber jetzt lasst Ihr mich nicht auf mein Gewissen hören. Die Bekenner sind doch genauso herrschsüchtig, wie es die Kirche war.«

»Dein Gewissen sollte dir sagen, dass du nichts tun solltest, was Gottes Wort verbietet, und nichts ungetan lassen, was das Wort dir aufträgt.« Er beugte sich vor und stützte die Arme auf die Knie. »John, wir führen ein Leben der Ernsthaftigkeit, Nüchternheit und Enthaltsamkeit. Wir meiden jeden Exzess und jede Eitelkeit. Mag sein, dass andere uns ›Puritaner‹ nennen, um uns zu beleidigen. Aber ich bin stolz auf diese Bezeichnung. Puritaner sind Leute, die ihren protestantischen Glauben praktisch nehmen, die täglich in der Schrift lesen, nicht lügen, nicht schwören, keinen Wucher treiben, niemanden betrügen, sich aller Unzucht enthalten und den Herrn ehren, indem sie beten, meditieren und Psalmen singen. Wir sind barmherzig zu den Armen und führen ein Leben nach Gottes Willen.«

Er war sehr überzeugend. Weil er selbst glaubte, was er sagte. Ich sagte: »Ihr seid stolz darauf, besser zu sein als andere. Ihr denkt, Ihr seid Gottes Lieblingskind. Aber Jesus hat die Sünder geliebt, die Kranken, zu denen ist er gekommen, nicht zu denen, die meinen, keinen Arzt zu brauchen.«

Der Onkel stand auf.

Aber ich konnte jetzt nicht aufhören. »Wir gehen doch absichtlich mit der Bibel in der Hand an den Kneipen vorbei zum Gottesdienst und meinen, wir würden durch unseren Anblick schon den Leuten predigen. Ach, das passt uns so gut! Erst machen wir sie wütend durch unser Wir-sind-heiliger-als-Ihr-Gehabe, und wenn sie uns dann feindselig begegnen, dient uns das als Bestätigung: Wir werden von ›der Welt‹ verfolgt, also liegen wir richtig. Ach, wie gut, dass es die anderen gibt! Wie gut tut uns das in unserem Selbstbild. Es bestätigt, dass wir die auserwählten Heiligen sind, Gottes besonderes Volk. Je schwärzer wir das Bild der anderen malen, desto weißer treten wir davor hervor.«

Onkel Nehemiah sah mich nur noch traurig an.

»Sie sind unsere bösen Zwillinge«, sagte ich, »erst durch sie wissen wir, wer wir sind. Und natürlich können sie uns nicht leiden! Ihr braucht die anderen, damit Ihr Euch gut fühlen könnt. Aber es ist nicht so, wie Ihr es denkt. Sie besitzen Güte und Schönheit, ebenso wie wir.«

»Bist du fertig?«, fragte er.

Ich war es nicht, aber ich nickte.

»Die Weltmenschen und wir entstammen demselben sündigen Lehmklumpen, John, da hast du recht. Aber wir wurden nicht in derselben Form gebrannt, es gibt Gefäße der Ehre und es gibt ehrlose Gefäße, ihre Natur ist grundverschieden! In den einen arbeitet Gnade, in den anderen Sünde, die einen werden von Gott geleitet, die anderen vom Satan verführt. Wir sind Gottes Augäpfel, seine Juwelen, sein Tempel. Was wir tun, wird den Weltmenschen immer sinnlos erscheinen, das ist notgedrungen so.«

»Da ist sie wieder, die Mischung aus Arroganz und Angst.«

Er schüttelte den Kopf. »Ich weiß, was sie dir sagen. Sie sagen: Ich bin kein Mörder. Ich bete keine Götzen an. Ich breche nicht die Ehe. Und ich liebe Gott und meinen Nächsten. Also, was wollt ihr von mir? Aber damit befolgen sie nur das Offensichtlichste und zeigen, dass sie die Natur der Sünde überhaupt nicht verstanden haben. Jesus sagt, wer im Herzen die Ehe gebrochen hat, der hat sie ganz gebrochen. Sie setzen auf Äußerlichkeiten statt auf das Herz.«

»Aber tun wir Bekenner das nicht genauso?«, sagte ich. Jedes Wort dröhnte mir im Schädel. Dennoch, sie mussten heraus, die Worte, wenn ich nicht daran ersticken wollte. »Auch wir setzen auf Äußerlichkeiten. Wir haben strikte, präzise Meinungen, die wir verteidigen, wir befolgen klare Muster, wie viele Predigten wir hören und welche, wie viel wir die Bibel lesen, auf welche Versammlungen wir gehen, wovon wir abstinent leben und so weiter.«

Der Onkel sah jetzt sehr müde aus. »Du wirst sehen, John, es geht nicht. Diese junge Frau und du, ihr gehört verschiedenen Welten an. Und ich kann dir nur sagen, was die Bibel sagt: Stellt euch nicht dieser Welt gleich. Ist jemand in Christo, so ist er eine neue Kreatur. Gehet aus von Babylon, mein Volk, dass ihr nicht teilhaftig werdet ihrer Sünden, auf dass ihr nicht empfangt etwas von ihren Plagen.« Er drehte mir den Rücken zu und ging. Seine Schritte auf der Treppe kamen mir schwer vor und müde. Unser Streit hatte ihn genauso mitgenommen wie mich.

Ich hätte heulen mögen, kaum, dass er weg war. Mit jedem Schwertstreich, den ich führte, verletzte ich auch mich. Ich war zu weit gegangen, das wusste ich, ich war genauso ungerecht geworden, wie wir Bekenner gegenüber den »Weltmenschen«, wie der Onkel sie nannte, waren.

Eine halbe Stunde versuchte ich zu beten und konnte es nicht. Mit dem Zorn, den Nehemiah mir gegenüber verspürte, schien mir auch Gottes Zorn anzuschwellen.

Da hörte ich die Schritte des Onkels wieder, er kam erneut die Treppe hinauf. Ich bebte innerlich. Hatte plötzlich Bilder meines Vaters vor Augen, der betrunken nach Hause kam und ein Opfer suchte, das er schlagen konnte in seiner ziellosen Wut.

»Hier.« Nehemiahs holzschnittartiges Gesicht war tränenüberlaufen, seine Stimme aber noch fest. Er reichte mir ein Spielzeugpferd mit Ritterpuppe darauf. »Das habe ich all die Jahre aufgehoben.«

»Warum?«

»Verstehst du das nicht? Es ist auch für mich eine Erinnerung. Und zwar an eine gute Zeit. Vergiss in deiner Wut nicht, dass es nicht diese reichen Leute waren, die dich aufgenommen haben. Wir waren für dich da und wir werden es auch weiter sein. Du bist jetzt unser Sohn. Ganz egal, was du tust.«

Ich hielt den kleinen Reiter in der Hand. Wie viele Stunden hatte ich mit ihm gespielt als Kind. Es war mein erstes

Jahr bei Tante Mercy und Onkel Nehemiah gewesen. Ich hatte meine Geschwister vermisst, hatte aber rasch gelernt, Mercy zu vertrauen und mich bald sogar, wenn ich Trost brauchte, auf ihren Schoß gesetzt. Diese Liebe, die Mercy und Nehemiah mir geschenkt hatten, war ein stärkeres Argument als alles, was er hätte sagen können.

Sie selbst hatten keine Kinder und sie hatten mich aufgenommen wie einen Sohn. Und obwohl es nichts gab, was ihnen wichtiger war als ihr Glaube, würden sie es akzeptieren, wenn ich ihn verwarf. Niemand von den Anglikanern hatte sich meiner angenommen, sondern ein Bekenner, der sein Leben nach Gott auszurichten versuchte. Aurelias Mutter hatte mich aus dem Haus geworfen, als sie erfuhr, dass mein Vater ein Trinker gewesen war. Mercy und Nehemiah hatten mich in ihr Haus aufgenommen.

Aurelia

Zum hundertsten Mal spielte sie Byrds Lied *John Come Kiss Me Now*. Das Virginal flehte. Es rief.

John kam nicht. Die Mauer war zu hoch, errichtet durch ihre Eltern und die Gesellschaft und die Erwartungen an sie als Tochter, errichtet durch die religiösen Unterschiede und die Frage, wie man sich Gott vorstellte und ihn zu erleben meinte.

Gott!, flehte sie. Lass nicht zu, dass die Liebe erstickt wird, nur weil wir uns über dich streiten. Lass es nicht zu!

John war sicher wütend. Vielleicht war alles, was er für sie empfunden hatte, unter den harschen Worten ihrer Mutter zerbrochen. Mutter hatte ihn auf der Straße angeschrien, ihn erniedrigt und bloßgestellt. Und Vater? Seine Trauer über die verlorene Vergangenheit war sicher auch keine Hilfe dabei gewesen, eine Brücke zu bauen.

In einem kurzen, wirren Anflug von Unvernunft erwog sie, mit ihren Eltern zu brechen. Aber der Gedanke führte ins Nichts. Wovon sollte sie leben? Wer sollte sie aufnehmen? Das war ja das Bittere: Sie hatten recht. John konnte nicht für sie sorgen, und wie die Lage war so kurz nach dem Bürgerkrieg, würde sie selbst nirgendwo eine Anstellung finden. Sie wollte nicht als Gouvernante oder Kindermädchen bei einer ihrer Schwestern enden, ganz abgesehen davon, dass auch die Schwestern eine verbotene Liebschaft mit John niemals tolerieren würden, solange sie in deren Haus wohnte.

Und der Schmerz wäre ja damit nur in eine andere Ecke geschoben. Trotz allem liebte sie die Eltern. Vor allem Vater – ihm noch mehr Kummer zuzufügen, brachte sie nicht über sich. Es würde ihn die letzten Ellen zum Abgrund stoßen.

Sie nahm die Hände vom Virginal. Still saß sie da, die Töne des Liedes schwebten noch in der Luft.

Im Gegenteil, sie durfte jetzt nicht nachlassen, sie musste Vater neue Lebensfreude geben. Vielleicht war beides möglich: John wiederzufinden und Vater ebenfalls. Wenn John bereit war, zu kämpfen, dann würde die Zeit eine Lösung bringen. Er war doch nicht auf den Kopf gefallen! In diesem Wasserträger steckte mehr, als die anderen ahnten.

John

Ich bin Wasserträger. Die Bewohner der Villen südlich vom St.-James-Park oder rechts und links der Straße nach Reading bei Piccadilly Hall brauchen mich nicht, sie haben genug Dienerschaft. Andere sind an die Wasserleitung angeschlossen. Man fällt Ulmenbäume und höhlt den Stamm aus, man bohrt einfach durch, von oben nach unten, und hat dann ein schönes Rohr mit dicken Holzwänden und diese Rohre verbindet man miteinander zu einer Leitung. Durch sie gelangt Wasser in 30.000 Häuser. Es kostet fünf oder sechs Schilling im Quartal, sein Haus mit einem Bleirohr an das hölzerne dicke Rohr anzuschließen. Allerdings sind so viele angeschlossen, dass die Leitung nur an zwei oder drei Tagen in der Woche freigeschaltet wird für bestimmte Bezirke, also braucht man einen Speichertank im Keller, um immer Wasser zu haben, und das Wasser riecht durch die Bleirohre und dadurch, dass es manchmal längere Zeit steht, nicht so gut. Wer einen Brunnen hinter dem Haus hat, gleich neben der

Jauchegrube, hat genauso stinkendes Wasser. Mein Wasser, das ich den Leuten nach Hause trage, ist immer frisch. Und es friert nicht ein im Bleirohr.

Meine Eimer sind schwer. Trotzdem finde ich meine Arbeit akzeptabel. Die Salpetermänner haben einen viel härteren Alltag. Die gehen in die Taubenschläge und kratzen den festgetrockneten Kot vom Boden, den braucht man für das Schießpulver. Manche schaben heimlich selber was ab und verkaufen es als Dünger an Leute, die Spargel anbauen. Ist aber verboten.

Ich bin Wasserträger und gehe in die Häuser der Stadt. Ein Haus allerdings darf ich nicht betreten. Dabei denke ich fortwährend an dieses Haus.

Abends gehe ich mit einer Fackel durch die dunklen Straßen. Eigentlich ist jeder Hausbesitzer verpflichtet, im Winter bis neun Uhr eine Laterne oder Kerze vor das Haus zu hängen, aber das macht kaum jemand. Also geben sie mir Geld, damit ich auf dem Heimweg leuchte, Geld, das ich verdiene, weil ich mir einbilde, dass es mir den Zutritt zum verbotenen Haus erkaufen könnte. Vielleicht über den Umweg, erst eine Stelle als Lehrling zu erkaufen, aber irgendwann, wenn Aurelia warten kann, könnte ich akzeptabel werden für ihre Eltern.

Leider ist eine Lehre unter hundert Pfund nicht zu haben. Dafür müsste ich zwanzig Jahre sparen und dürfte in dieser Zeit nichts essen. Das Beste, was mir passieren kann, wäre, eine verlorene Uhr zu finden oder ein Zahnstocherbehältnis aus Gold, und es dann dem Besitzer zu bringen. Das gäbe einen üppigen Finderlohn. Aber wie viele Uhren müsste ich finden?

Ich schleppe meine Eimer durch die Stadt und weiß, dass das Haus mir verboten bleiben wird, dass Aurelia einen anderen finden wird, mit dem sie in die Menagerie geht und in den Hyde Park, mit dem sie über Planeten diskutiert und dem sie am Virginal Musikstücke vorspielt. Sie wird die Hand eines anderen halten.

Es fühlt sich so falsch an, dass ich mir die Seele aus dem Leib kotzen könnte. Deshalb suche ich nach einem anderen Weg. Ich frage herum, wer den Auftrag für das Haus des Graveurs übernommen hat, und erfahre, es ist Anthony Hickman, den wir immer nur »das Kind« nennen, weil er mit seinen zwanzig Jahren noch so aussieht wie dreizehn.

Am Abend setze ich mich heimlich an Onkel Nehemiahs Tisch mit den Auftragslisten, tunke die Feder ein und schreibe zum ersten Mal seit der Schulzeit wieder Buchstaben auf das Papier.

Sie wollen mich vor Aurelia als dumm bloßstellen. Ich kann nur hoffen, dass sie darüber hinwegsieht. Ich starre auf die Tintenstriche, sehe zu, wie das Papier sie aufsaugt und sie aufhören zu glänzen. Dann falte ich das Blatt zusammen.

Aurelia

Der neue Wasserträger, kaum mehr als ein Kind, stand im Zimmer. Aurelia sagte: »Du darfst hier nicht sein, meine Mutter sieht das nicht gern. Hat dir Betty das Geld nicht gegeben?«

Er sah sich um und zog einen Zettel hervor, den er ihr reichte.

Sie faltete ihn auf. Sie las:

Wie kann ein Haus in London weiter weg sein als die Molucca-Inseln?

»Wer hat dir das gegeben?«, fragte sie und wusste längst die Antwort.

»John.«

Dass sie die krakeligen Buchstaben so lieben konnte! Es war, als wäre er hier, als wäre er unsichtbar mit diesem neuen Wasserträger mitgekommen.

»Warte«, sagte sie.

Und sie kritzelte eine Antwort auf den Zettel. Fürs Überbringen gab sie dem Jungen ein Threepence-Stück. Dankbar leuchtete sein Gesicht auf.

Was konnte sie noch verkaufen? Ihren Schmuck. Die Aprikosencreme aus der Apotheke, die Gertrude ihr geschenkt hatte. Den fein bemalten Fächer. Den Handspiegel. Einige ihrer Bücher. Sie suchte die Sachen zusammen.

John

Aurelia wartete am Stadtrand beim Töpferstand auf mich. Sie dort stehen zu sehen, das leicht gelockte braune Haar, das ihr unter der Haube hervor und über die Pelzpelerine fiel, die hellen blauen Augen, das blasse Prinzessinnengesicht, der himbeerrote Mund – ich konnte gar nicht fassen, dass sie auf mich wartete und auf niemanden sonst auf der Welt.

Wir begrüßten uns zaghaft, als hätten wir uns Jahre nicht gesehen. Dann machten wir uns gemeinsam auf den Weg und ließen die Stadt hinter uns. Kaum waren wir außer Sichtweite der letzten städtischen Gebäude, nahm Aurelia meine Hand. Nie war mir die vorweihnachtliche Winterlandschaft zauberhafter erschienen, die zugefrorenen Tümpel, das vom Schnee gebeugte Gebüsch. Selbst der silbrig matte Winterhimmel besaß eine Frische und Lebenskraft, die ich noch nie an ihm bemerkt hatte.

Aurelias schlanke Hand war kühl. Ich wärmte sie. So liefen wir bis zum Epping Forest. Die Schneedecke knirschte unter unseren Füßen. Im Wald sah Aurelia aufmerksam um sich, als suche sie etwas.

»Warst du schon einmal hier?«, fragte ich.

»Ganz früher, als Kind.« Jetzt lief sie schnurstracks auf einen immergrünen Strauch zu, an dem rote Beeren wuchsen. Sie zückte ein kleines Messer und schnitt einzelne Zweige ab. Die Blätter des Strauchs waren stachelig gezackt. Stechpalme.

»Was willst du mit den Zweigen?«

Wortlos zog sie unter ihrem Umhang einen leeren braunen Sack hervor und steckte die Zweige hinein.

»Du willst die mitnehmen?« Jetzt dämmerte es mir. »Du weißt, dass es verboten ist.«

Unbeirrt machte sie weiter. »Früher haben sich alle warm angezogen und die ganze Familie ist in den Wald gezogen und hat Grün geholt.«

»Eure Familie vielleicht. In der Familie meines Onkels hat es das seit dem letzten Jahrhundert nicht mehr gegeben. Du weißt, dass es nicht erlaubt ist, das Haus zu dekorieren. Was willst du mit den Zweigen machen?«

»Selbst in der Kirche hatte man früher Efeu um die Sitzreihen gewunden und Rosmarin und Lorbeer.«

»Ja, weil man abergläubisch war und dachte, dass Rosmarin und Lorbeer vor dem Bösen schützen.«

»Ach, immer müsst ihr alles zerforschen und ergründen, bis auch das letzte Leben daraus herausgeprügelt ist. Kann sein, dass die Heiden das früher mal geglaubt haben, aber jetzt hat das doch keiner mehr gedacht, es war einfach eine schöne Tradition! Und wir lassen sie wieder aufleben. Du und ich.«

Ich schluckte.

»Der Duft von Zimt, Ingwer und Gewürznelken, der durch die Straßen zieht ...«

»Das wäre unklug. Jeder Nachbar kann einen verraten. Ganz abgesehen von den Stadtwachen, die es riechen würden.«

Seelenruhig band Aurelia ihren Sack zu. »Zu Weihnachten geht man morgens in die Kirche, dann öffnet man sein Haus für Familie und Freunde, isst und trinkt, man spielt Spiele, tanzt, erzählt sich Geschichten und tauscht Geschenke aus. Weihnachten ist eine Zeit, um zusammenzukommen und gastfreundlich zu sein. Die Alltagssorgen werden einmal beiseitegelegt und man ist fröhlich. Was ist so falsch daran?«

»Was glaubst du denn, wo dieses Fest herkommt? Es ist heidnischen Ursprungs. Die Wintersonnwende, der kürzeste Tag des Jahres, da hat man das Sterben des einen Jahres und die Geburt des anderen gefeiert.«

»Na und? Das ist doch auch nichts Schlimmes.«

»Ja, aber die Götzenanbeterei, die ist schlimm. Die Römer haben in der Woche vor dem Weihnachtstag den Gott der Fruchtbarkeit angebetet, Saturn, und haben geschlemmt, getrunken, Unsinn getrieben und Orgien gefeiert. Die Herrschaften mussten die Sklaven bedienen, und ein ›König‹ wurde gewählt, um das Fest zu leiten. Kommt dir das bekannt vor? Genauso lief bei uns die Zwölfte Nacht ab. Es ist doch deutlich, dass das von den Heiden abgekupfert ist.«

Ich stutzte. War das eine erste Mutprobe? Ein erster Versuch, den Aurelia machte, um zu sehen, ob ich bereit war, meine Überzeugungen als Bekenner zu verlassen, um mit ihr zusammen sein zu können? Aber das war absurd! Es ging hier nicht allein um Glaubensüberzeugungen, es ging um das Gesetz.

»Zwölf Tage und Nächte feiert man doch nur«, sagte sie, »weil es heißt, dass die Sterndeuter aus dem Morgenland zwölf Tage unterwegs waren, um den neugeborenen Jesus zu sehen. Außerdem, die Leute schuften das ganze Jahr. Sie waren froh, dass sie einmal zwölf Tage frei hatten.«

»Wir haben ihnen zum Ausgleich säkulare Tage freigegeben.«

»*Wir,* sagst du?« Sie lachte. »Morgen ist Weihnachten. Ich lade dich ein. Und ich werde es so einfädeln, dass dich meine Eltern mitfeiern lassen. Du kannst es dir überlegen.«

Spiel und Tanz, Essen und Trinken, Schwelgereien – das war nicht die Art von Weihnachtsfest, die sich ein Bekenner vorstellte. Der Weihnachtstag sollte eine Zeit des Fastens und der Suche nach dem Herrn sein. So war ich aufgewachsen bei Onkel Nehemiah und Tante Mercy, so kannte ich es.

Aber Aurelia lud mich ein. Selbstverständlich würde ich kommen.

Leider war nur, seit wir die Regierungsmacht übernommen hatten, das Anlegen feiner Kleidung und das Schlemmen am 25. Dezember verboten, es durften auch weder Choräle gesungen noch Gebete gesprochen oder Predigten gehalten werden, die Kirchen hatten verschlossen zu bleiben, und wer Rosmarin, Stechpalmenzweige oder Lorbeer oder irgendeinen anderen Pflanzenschmuck an seine Tür hängte, wurde ebenso bestraft wie jemand, der die traditionelle Pflaumengrütze oder Weihnachtsküchlein zubereitete. Wie wollte Aurelia all das verheimlichen?

Je länger ich darüber nachdachte, desto mehr gefiel mir der Plan. Aurelias Lebensfreude entzündete etwas in mir. Warum nicht Jesu Geburt wirklich *feiern?* Warum musste man sich ständig prüfen, diesen jahrelangen inneren Kampf führen, bis man zu glauben wagte, dass man erlöst war, nur um doch wieder unter nagenden Zweifeln zu leiden und sich mit einem dauernden verzweifelten Gefühl des Ungenügens zu martern, wo es doch so einfach war: Jesus war gekommen, um die Welt zu erlösen. Er war gekommen! Er hatte sich entschieden, dass wir wertvoll genug waren, gerettet zu werden.

Wir Bekenner waren wie Schiffbrüchige, die sich noch auf dem rettenden Festland an ihr zerbrochenes Ruder klammerten und schrien, der Wind könne sie abtreiben. Was war mit Gnade? Was war mit Gottes Fähigkeit, Menschen in die Freiheit zu lieben?

Auch wenn mir mulmig dabei war, sagte ich: »Ich will gern Weihnachten mit dir feiern.«

»Ich könnte Hilfe gebrauchen. Du müsstest ein paar Dinge für mich kaufen.«

»In Ordnung.«

Sie zählte mir etliches auf. Rehfleisch. Zimt. Ingwer. Zucker. Orangen. Getrocknete Früchte. Käse, Äpfel und Nüsse.

Marzipan. Rindfleisch. Eingelegte Pflaumen. Das würde ich an verschiedenen Orten der Stadt zusammenkaufen müssen, um nicht aufzufallen. Mir war sofort klar, weshalb Aurelia nicht Betty damit beauftragt hatte. Wenn ein Händler Betty anschwärzte, wäre sie leicht zu Aurelias Haus zurückzuverfolgen.

»Das Geld geb ich dir«, sagte sie.

»Ich dachte, die Geschäfte deines Vaters gehen nicht mehr gut?«

»Ich habe einige Sachen verkauft.«

»Die Sache hat aber einen Haken.«

»Und der wäre? Dass wir uns öfter zur heimlichen Übergabe sehen müssen?« Sie lächelte.

»Ich verlange eine Gegenleistung. Jetzt gleich. Tanz mit mir, Aurelia.«

Es war nur die Haltung ihrer Hände, die sich änderte. Dennoch spürte ich sofort, dass ich zu weit gegangen war.

»Hab ich zu viel verlangt?«, beeilte ich mich zu sagen.

»Nein. Es ist nur …« Sie nahm ihren Sack auf und stapfte durch den schneebedeckten Wald in Richtung Stadt zurück. Schweigend gingen wir durch den Schnee. Aurelia schien zu grübeln, und ich fürchtete bereits, es mir endgültig mit ihr verdorben zu haben. Da traten wir auf eine Lichtung. Der Schnee glitzerte wie Abermillionen Diamanten. Aurelia lehnte den Sack mit den Stechpalmenzweigen an einen Baumstamm und reichte mir die Hand. »Meine Liebe schenke ich aus freien Stücken.«

Ich biss mir auf die Unterlippe. »Natürlich. Verzeih.«

Und wir tanzten.

Meine Füße versuchten, Aurelia zu folgen. Wie sie die Schultern nach hinten bog, wie der Tanz uns zum Waldrand und wieder hinaus auf die Lichtung führte, beglückte mich. Das war Hiersein. Leben. Ich hörte die Musik.

Als wir stehen blieben, waren wir beide verlegen.

Aurelia fragte: »Möchtest du mich begrüßen, so wie ein Gentleman eine Dame auf der Straße begrüßt?« Sie bot mir ihre Hand dar.

Ich wusste, was die Etikette vorschrieb, Tausende Male hatte ich es beobachtet. Ich nahm ihre Hand und küsste meinen eigenen Daumen – die Hand der Dame durfte man beim Handkuss nicht berühren –, dann näherte ich mich ihrer Wange. Ich durfte nur ihre Haube zu einem angedeuteten Kuss berühren, das war mir klar, aber als ich mich der Haube näherte, drehte Aurelia plötzlich ihr Gesicht zu mir und küsste mich auf den Mund.

Rasch überwanden die Wärme und Beharrlichkeit das Denken und ich erwiderte den Kuss.

Am Abend lauschte ich der Familienandacht von Onkel Nehemiah, sang neben Mercy und den Gesellen die Psalmen. Aber ich fühlte mich wie ein Lügner dabei. Ich täuschte vor, jemand zu sein, der ich in Wahrheit nicht mehr war. Wenn sie mein heutiges Tagewerk kennen würden, wäre ich in ihren Augen ein Abtrünniger.

Dass ich eine Fremde traf, war schlimm genug. Man heiratete nur innerhalb der Bekenner. Aber dass ich mit ihr heimlich ein heidnisches Weihnachtsfest vorbereitete, krönte das Vergehen noch.

Einmal sah mich Onkel Nehemiah eingehend an, als frage er sich, was mit mir los war. Er tadelte mich nicht, aber ich fürchtete plötzlich, dass er mir ins Herz sehen konnte.

Aurelia

Die Kirchenglocken schwiegen. Das Innere der Kirchen war dunkel. Wo sonst ein Kerzenmeer den Altarraum erstrahlen lassen hatte, während die Geistlichen »Adeste Fideles« sangen, herrschte jetzt Stille. Keine Wachskerzen wurden ausgegeben und angezündet, um Christus als Licht der Welt zu feiern, und keine Chöre stimmten das »Gloria in Excelsis« an.

Aurelia aber schmückte, während die Eltern tief und fest schliefen, jeden Winkel des Hauses mit Efeu und Stechpalme, Rosmarin und Lorbeer.

Als die Eltern am Weihnachtsmorgen aufstanden, reichte Betty zum Frühstück Feigenpudding aus gemahlenen Mandeln, Feigen, Ingwer und Honig, und Aurelia summte dazu das Lied »We Wish You a Merry Christmas«, in dem dieses Gericht vorkam.

Der Vater schüttelte den Kopf, während er mit leuchtenden Augen den Weihnachtsschmuck bestaunte.

Mutter löffelte beinahe ehrfürchtig vom Feigenpudding. Auch sie sah zu den Stechpalmenzweigen hoch. »Dass das bloß keiner sieht.«

Bald aber wurde die Stimmung ausgelassener. Aurelia hatte Ratespiele vorbereitet, die sie früher immer gespielt hatten. Die Stunden verflogen und sie lachten herzhaft. Sie spielten »Blinder Kapuzenmann«, einer musste mit verbundenen Augen die anderen jagen. Dann spielten sie Karten. Aurelia trug auf dem Virginal »Greensleeves« vor, wogegen Mutter nichts einwenden konnte, weil es zu dieser Melodie zwar auch ein Weihnachtslied gab, aber ja niemand nachweisen konnte, dass sie es als Weihnachtslied gemeint hatte.

Schließlich wurde Aurelia ernst. Sie zog sich den Stuhl zu den Eltern heran, setzte sich und sagte: »Ich möchte kein Neujahrsgeschenk haben diesmal. Aber ich wünsche mir etwas schon heute, am Weihnachtstag.«

Die Eltern stutzten.

»Ich möchte einen Gast zu uns einladen.«

Zuerst löste sich Vater aus der Starre. Er nickte wissend.

»Was?«, fragte Mutter. »Bist du etwa eingeweiht?«

Vater nahm ihre Hand und tätschelte sie sanft: »Erfüllen wir ihr diesen Wunsch. Sie hat doch längst bewiesen, dass sie keine Puritanerin werden will.«

»Der Junge?«, hauchte Mutter ungläubig.

In diesem Moment hörte man den Stundenschlag von Westminster und es klopfte an die Tür. Betty ging öffnen. Sie kam mit John die Treppe hinauf.

Dieses bange Abwarten in seinem Blick! Diese zögerlichen Schritte. Sie stand auf, um ihm entgegenzugehen. Aber sie bemerkte auch Mutters zu einem Strich zusammengezogene Lippen.

Eilig flüsterte sie Betty zu, sie solle die Pflaumengrütze servieren.

Während sie John zu einem freien Stuhl geleitete, sagte sie wie beiläufig: »John hat mir geholfen, die Stechpalmenzweige aus dem Wald zu holen. Und er hat viele Zutaten für uns eingekauft.«

Noch bevor Betty zu sehen war, wallte der Duft von heißer Pflaumengrütze die Treppe herauf, und Vater brummte vor Wohlgefühl. Es war die traditionelle Vorspeise für das weihnachtliche Festessen, eine dicke Suppe aus Rindfleisch, Pflaumen, Gewürzen, Brotstückchen und Wein.

Sie aßen schweigend. Aber als Betty den Truthahnbraten brachte, mit einem Eibenzweig geschmückt, den sie leicht mit Mehl bestreut hatte, sodass er aussah, als hätte es darauf geschneit, scherzte Vater: »Ein Schwan!« Und alle lachten, selbst Mutter, weil er früher jedes Weihnachten aufs Neue erzählt hatte, dass es in seiner Kindheit in wohlhabenden Haushalten noch keine Truthähne zu Weihnachten gegeben hatte, sondern Schwan oder Pfau, und nur, weil die armen Vögel so dezimiert worden wären, hätte man auf die importierten gezüchteten Truthähne zurückgegriffen.

Zum Nachtisch gab es Frumenty, in Milch aufgekochten Weizen mit Eigelb, Safrangewürz und Rehfleisch, außerdem noch Weihnachtsküchlein, gefüllt mit den Resten des Rehfleischs, Zimt, Ingwer, Zucker, Orangenschalen und getrockneten Früchten.

Allein auf die Zubereitung von Weihnachtsküchlein standen hohe Strafen.

Nach dem Essen sangen sie Choräle, wie früher. »The First Nowell«, »God Rest You Merry, Gentlemen«, »Make We Joy«.

Es klopfte. Die Nachbarn kamen, die den Gesang gehört hatten. Betty geleitete sie herein, und sie setzten sich und sangen mit Tränen in den Augen. »Alleluia, Now May We Well Mirthes Make«. Dann »There Is No Rose of Such Virtue« – das deutsche Lied »Es ist ein Ros' entsprungen« war längst tief in den englischen Herzen verankert, genauso wie »Vom Himmel hoch«, das Martin Luther für seinen Sohn Hans geschrieben hatte und das sie anschließend sangen.

Da klopfte es erneut und Betty führte jemanden die Treppe hinauf. Aurelia sah John zusammenfahren. Er stand auf und stellte sich dem Hinzugekommenen entgegen. »Du darfst diese Versammlung nicht melden, Onkel.«

Es war Nehemiah, den sie in der Kirche bereits gesehen hatte. Er hatte schütteres blondes Haar, blonde Brauen, eine etwas scharf geschnittene Nase, aber einen gutmütigen Mund. Aurelia konnte nicht ausmachen, mit welchem Ausdruck er John musterte. War es Enttäuschung? War es Abscheu? Oder Trauer?

Wie hatte er überhaupt von der Weihnachtsfeier erfahren? Vielleicht war er auf gut Glück vorbeigekommen, weil er seinen Ziehsohn hier vermutet hatte, und hatte von draußen den Gesang gehört, was ihn sicher entrüstete.

John sagte: »Sie singen voller Gottesfurcht. Daran kann doch nichts Schlechtes sein.«

»Ich bin nicht hier, um die Feier zu melden«, sagte der Onkel.

»Warum dann?«

Nehemiah sah sich in der Runde um. Auf ihr, Aurelia, ruhte sein Blick länger. Dann wandte er sich wieder John zu und sagte: »Ich möchte dich nicht verlieren. Bitte, komm mit mir. Das hier ist nicht deine Welt. Das sind nicht deine Leute.«

Da erhob sich Vater. Erst meinte sie, er würde auf Nehemiah zutreten, aber er ging an ihm vorbei zum Bücherbord. Er nahm die Bibel herunter, reichte sie Nehemiah und bat: »Bitte, wären Sie so gut, uns einige Verse von Jesu Geburt aus den Evangelien vorzutragen?« Nicht ein Funken von Stolz oder Herablassung waren in seinem Gesicht zu erkennen, es war eine ernsthaft vorgetragene Bitte, und sie sah, wie verblüfft Nehemiah von der Bibel zum Vater und zurück zur Bibel blickte. Vater sagte: »Vielleicht haben Sie auch noch eine gute Auslegung dazu. Eine Andacht. Ich würde mich freuen, wenn Sie uns damit beschenken würden.«

Mutter wurde blass.

Das vergesse ich dir nie, Vater, dachte Aurelia.

Und Nehemiah nahm die Bibel. Im Stehen schlug er sie auf mit raschem, zielgerichtetem Blättern und begann zu lesen von den Hirten, denen Engel erschienen, und von ihrem

Weg zur Krippe, er las gut, und als er fertig war, schlug er die Bibel nicht zu, sondern hielt sie weiter offen in seinen Händen, während er in die Runde sah und davon sprach, welche Liebe Gott zu uns empfinden müsse, dass er den weiten Weg gegangen sei auf unsere leidende Erde. Warum war er als ein Kind geboren worden, warum nicht als Erwachsener, als starker Held gekommen? Ein liebender Gott war er, der sich schwach machte für seine Geschöpfe, um nicht mit Gewalt ihren Willen zu brechen.

Aus den Reihen der Zuhörer kamen Laute der Rührung und Zustimmung, und Nehemiah taute sichtlich auf, er sprach immer freier, und als er geendet hatte, dankte ihm Vater, und Nehemiah setzte sich auf den letzten freien Stuhl und sie sangen »In Dulci Jubilo«.

Betty brachte auf zwei Platten Käse, Äpfel und Nüsse und Marzipan und kleine Stückchen aus Zuckerfondant, die man »Kissing Comfits« nannte. Nach der Stärkung sangen sie weiter, beim »Angels bright they sang that night« wagte Aurelia einen Blick zu John, dessen Gesicht zu leuchten schien.

Betty reichte »Lamb's Wool«, das klassische Weihnachtsgetränk aus erhitztem Ale, dem Zucker, Muskatnuss, Ingwer und Backäpfel hinzugegeben waren, und sogar Nehemiah trank davon. Sie aßen Birnenküchlein mit Gewürznelke, Zimt und Ingwer, die knusprige dicke Kruste fein mit Zucker bestreut.

Da rumpelten die schweren Stiefel von einem Dutzend Männer die Treppe hinauf, und sie platzten wütend herein,

Stadtwachen und Constable Richard Gillingham aus der Drury Lane, ausgerechnet. In die angsterfüllten Aufschreie hinein befahl er: »Festnehmen. Alle.«

Aber Nehemiah stand auf und sang mit fester Stimme:

The Son of God, th' eternal King,
That did us all Salvation bring,
And freed the Soul from danger;
He whom the whole world could not take,
The Word, which heaven and earth did make,
Was now laid in a manger.

Der Constable sah ihn irritiert an. Er hatte sicher nicht mit einem Puritaner in dieser Runde gerechnet. Jetzt erblickte er auch John, und sie, Aurelia. Zögerlich gebot er den Bewaffneten, einzuhalten. Immer mehr von den Anwesenden stimmten in das Lied ein.

Noch während des Liedes verschwanden die Stadtwachen, einer nach dem anderen, und auch Richard Gillingham ging schließlich, unverrichteter Dinge und mit gesenktem Blick.

Zum historischen Hintergrund

Die Jahre von der Mitte der 1640er bis zur Wiederherstellung der Monarchie im Jahr 1660 gelten als beispiellos turbulent in der Geschichte Englands. Drei blutige Bürgerkriege, die Hinrichtung des Erzbischofs von Canterbury und des Königs und die Abschaffung der Monarchie, des House of Lords, des Gerichtshofs in der Sternenkammer und der Bischöfe waren Ereignisse, die im Land sämtliche Gewohnheiten umwälzten. Zudem gestattete der Zusammenbruch der Zensurmächte ein Aufblühen von Glaubensideen, die bisher unterdrückt geblieben waren und in mancher Hinsicht weit über die Stränge schlugen.

Nicht nur wurden (wie allerdings auch schon 1550 in einer ersten Welle des Bildersturms) mittelalterliche Wandmalereien weiß übertüncht, bunte Kirchenfenster zerstört und Bildnisse von Heiligen entfernt. 1641, ein Jahr vor Kriegsausbruch, verabschiedete das House of Commons am 8. September, kurz vor der Sommerpause – viele gemäßigte Abgeordnete waren bereits abgereist, was den strenger Eingestellten die nötige Mehrheit verschaffte –, auch eine Verordnung, die den Gemeindevorstehern im ganzen Land auftrug, den Abendmahlstisch nicht länger in den Osten der Kirche zu stellen, sämtliche Kruzifixe abzuhängen sowie die Bildnisse von Jesus, Gott dem Vater und dem Heiligen Geist zu tilgen oder fortzuschaffen. Außerdem verbot die Verordnung, am Sonntag zu tanzen oder anderen Sport zu treiben.

Sie sorgte für Ärger im House of Lords, vor allem aber spaltete sie die Bevölkerung im Land. Die Puritaner allerdings setzten sich immer weiter durch und erließen entsprechende Gesetze. Besonders empfindlich waren sie bei Feierlichkeiten, sei es zum Anlass einer Beerdigung – ab 1645 waren Gottesdienste mit Grabgeläut bei Beerdigungen verboten, außerdem alles Niederknien oder Beten und die Anwesenheit eines Pfarrers bei der Beerdigung war nicht mehr erwünscht –, oder sogar zur Hochzeit: Als im August 1653 die Hochzeitszeremonie verboten und durch einen säkularen Akt ersetzt wurde, heirateten so viele Paare in den fünf Wochen bis zum Inkrafttreten der Verordnung, dass in einigen Londoner Kirchen mehr als 20 Hochzeiten am Tag abgehalten wurden, die Näherinnen den Bedarf an Brautkleidern nicht mehr stillen konnten und bei den Goldschmieden das Rohmaterial Gold ausverkauft war (was erstaunlich ist, wenn man bedenkt, dass Eheringe seit 1645 offiziell nicht mehr gestattet waren). Die jungen Paare wollten in der Kirche heiraten und von einem Pfarrer getraut werden, nicht vom säkularen Friedensrichter.

In England heirateten in diesem September 9.884 Paare, während es im August nur 1.401 gewesen waren und nur 714 im Oktober folgten.

Wenn man die tiefgläubige, ernste Frömmigkeit der Puritaner bedenkt, mag es überraschen, dass sie Beerdigungen und Hochzeitsfeiern so schlicht und still machen wollten und sogar die kirchliche Zeremonie von ihnen loslösten. Aber vielen Puritanern galt die Church of England als »falsche Kirche« und die überkommenen Zeremonien als unpassend.

Als man auch das Feiern von Weihnachten untersagte, gab es Widerstand in der Bevölkerung. Nicht Oliver Cromwell selbst verbot Weihnachten, wie es mitunter fälschlicherweise heißt, sondern es war das gewählte Parlament, das 1644–1647 in einer Reihe von Anordnungen das Feiern von Weihnachten unter Strafe stellte mit der Begründung, in der Weihnachtszeit würde »mehr Unheil angerichtet als im ganzen restlichen Jahr, mit Masken und Vermummungen, Raub, Hurerei, Mord und Was-noch-Allem; mit Würfelspiel und Kartenspiel, Essen und Trinken, Banketten und Schwelgereien. All das entehrt Gott und schwächt das Land.« Stattdessen solle der Weihnachtstag als Zeit des Fastens und der Suche nach dem Herrn verbracht werden, »in feierlicher Demut, denn er erinnert uns an unsere Sünden und die Sünden unserer Vorväter, die dieses Fest – unter dem Vorwand, damit an Christus zu erinnern – in ein äußerstes Vergessen seiner verwandelt haben.«

Die Weihnachtszeit wurde damals in England zwölf Tage lang gefeiert, bis in den Januar hinein. Zum Weihnachtsgottesdienst waren die Kirchenbänke mit Rosmarin und Efeu geschmückt, der Altarraum erstrahlte von Hunderten von Kerzen.

Der 25. Dezember war ein Feiertag, die Läden blieben geschlossen. Auch an den folgenden Tagen waren die Öffnungszeiten eingeschränkt und man ruhte sich aus, aß und trank (einige der besonderen Speisen habe ich in dieser Erzählung erwähnt), tanzte, sang, besuchte Freunde und Familie, spielte Gesellschaftsspiele, manche wild und ausgelassen, andere ruhiger. Geschenke wurden traditionell am Neujahrstag überreicht: Orangen, in die man Gewürznelken gesteckt hatte, neue Handschuhe, Geld, eine Brosche. Zumindest in der Oberschicht und der wohlhabenden Mittelschicht war das üblich, bei den Ärmeren gibt es keine Zeugnisse davon.

Dies alles wurde nun durch das Parlament verboten: das Austauschen von Geschenken und Grüßen, das Anlegen feiner Kleidung, das Schlemmen. Wurde man dabei erwischt, wurde eine Strafzahlung von fünf Schillingen verhängt.

Am 25. Dezember durften weder Choräle gesungen werden noch durften in Kirchen Gebete gesprochen oder Predigten gehalten werden. Wer Rosmarin, Stechpalmenzweige oder Lorbeer oder irgendeinen anderen Pflanzenschmuck an seine Tür hängte, wurde bestraft, ebenso jeder, der Pflaumengrütze oder Weihnachtsküchlein zubereitete.

Läden und Märkte mussten am 25. Dezember öffnen. Cromwell billigte diese Maßnahmen auch nach seiner Einsetzung als Lord Protector 1653. Er sorgte dafür, dass die

Regierungsgeschäfte und die Arbeit des Parlaments am 25. Dezember weiterliefen, als wäre es ein gewöhnlicher Tag. Wer eine der Anordnungen brach, wurde zur Strafzahlung verurteilt oder ins Gefängnis geworfen.

Weihnachten war allerdings so beliebt, dass die Bevölkerung aufbegehrte. Händler, die zu Weihnachten ihre Läden öffneten, wurden bedroht, und in London schmückte eine Menschenmenge entgegen den Anordnungen die Zinnen des öffentlichen Wasserpumpenhauses in Cornhill mit Stechpalmenzweigen und Efeu. Der Oberbürgermeister entsandte Stadtwachen, um den Schmuck wieder herunterzureißen, aber die Meute von jungen Leuten ließ es nicht zu. Erst mit Gewalt konnte die Ansammlung von wütenden Lehrlingen und jungen Männern zerstreut werden.

Soldaten entfernten im Auftrag des Parlaments Weihnachtsdekorationen von den Kirchen in London. Wer beim Feiern oder bei einem Weihnachtsgottesdienst erwischt wurde, bekam Geldstrafen aufgebrummt oder wurde inhaftiert – keine leichte Strafe damals, Newgate, das Hauptgefängnis von London, war dafür bekannt, dass viele seiner Insassen am Gefängnisfieber oder an Typhus starben.

In manchem Haus wurde heimlich trotz des Verbots Weihnachten gefeiert. John Evelyn berichtet in seinem Tagebuch davon, dass er in den 1650er-Jahren in London erfolglos eine Kirche suchte, in der er an einem Weihnachtsgottesdienst teilnehmen konnte, und deshalb zu Hause feiern musste. 1657 aber fand er einen Weihnachtsgottesdienst. Allerdings wurde die Kirche von Soldaten umzingelt und jeder Anwesende wurde verhaftet. Zwei berühmte Generäle, Goffe und Whalley, kamen, um die Missetäter zu verhören. Man warf ihnen vor, auf abergläubische Weise Jesu Geburt gefeiert und für den König gebetet zu haben. Einige der Festgenommenen kamen ins Gefängnis.

Auch das Feiern von Ostern und Pfingsten wurde unter Strafe gestellt. Die Begründung der Puritaner war, dass in der Bibel weder für Weihnachten noch für Ostern oder Pfingsten ein Fest angesetzt wird. Die heidnischen Ursprünge von Weihnachten ärgerten sie genauso wie die als katholisch empfundenen Gottesdienste und das ausgelassene Feiern zu Hause.

Mit der Rückkehr von Charles II. im Jahr 1660 endete die Herrschaftsmacht der Puritaner und damit auch ihr starker Einfluss auf das Alltagsleben. Das Church Settlement von 1662 schloss viele Puritaner vom Kirchendienst aus. Es setzte zudem eine Form des Gottesdienstes fest, die sie ärgerte – zum Beispiel waren freie Gebete, die zu ihrer Frömmigkeit gehörten, darin nicht vorgesehen. Alle religiösen Denominationen, bis auf die Church of England, wurden für illegal erklärt.

Nahezu 2.000 Pfarrer weigerten sich, der Kirche unter diesen Umständen weiter zu dienen. Sie wurden am Bartholomäustag, dem 24. August 1662, entlassen. In der Folgezeit gab es Massenverhaftungen nach Gottesdiensten, es gab Enteignungen, wenn jemand eine angesetzte Strafzahlung nicht entrichten konnte, manche inhaftierte Puritaner starben im Gefängnis an den Pocken oder dem Gefängnisfieber.

Um weiter nach den eigenen Glaubensüberzeugungen Gottesdienste feiern zu können, tarnten die Puritaner sie als gemeinsame Mahlzeit zu einem Familienanlass oder suchten sich dafür Orte an den Grenzen von zwei oder drei Landkreisen aus, um die Flucht zu erleichtern. Sie bereiteten Fluchtwege für den Prediger vor, über eine Hintertreppe, wenn sie sich in einem Gebäude trafen, oder verabredeten sich in Höhlen und in Wäldern.

Andere Bekenner hielten sich bis zum letzten Buchstaben an das Gesetz und predigten nur zu einer Großfamilie mit höchstens vier zusätzlichen Zuhörern, sie teilten die Zuhörer in Gruppen ein und hielten dieselbe Predigt vier oder fünf Mal am Tag. Wenn sich mehr als fünf Erwachsene versammelten, war das strafbar: Bei den ersten beiden Malen, die man ertappt wurde, wurden einem Strafgeldzahlungen auferlegt (wer sie nicht zahlen konnte, kam ins Gefängnis), beim dritten Mal wurde man zwangsweise auf ein Schiff gesetzt und in die Kolonien abtransportiert.

Die Puritaner brachten die Ablehnung von Weihnachten auch nach Amerika. In Boston wurde jedem, der bei »Weihnachtsstimmung« erwischt wurde, die Strafzahlung von fünf Schillingen aufgebrummt – noch zwanzig Jahre, nachdem in England Weihnachten längst wieder erlaubt war. Und der 25. Dezember wurde in Amerika erst 1870 ein offizieller Feiertag.

In Schottland erst 1958! Auch das lag am Schweizer Reformator Johannes Calvin, der Weihnachten von »Exzessen«

befreien wollte. Der Schotte John Knox, eine treibende Kraft hinter der schottischen Reformation von 1560 und Bewunderer Calvins, erlaubte Gottesdienste nur, wenn sie in der Bibel angeordnet waren, und nicht am Datum des römischen Saturnalia-Festes. An Knox orientierten sich die Puritaner mit ihrem Argument, dass es von der Bibel her keine Rechtfertigung dafür gäbe, die Geburt Christi zu feiern, schon gar nicht am 25. Dezember, denn es gibt keinen Beweis, dass Jesus an diesem Tag geboren wurde.

Trotz der Angriffe auf das Fest überlebte Weihnachten. Zu sehr war es in allen Bevölkerungsschichten verankert und beliebt. Es gelang nicht, das Fest auszulöschen. Schon vor fünfhundert Jahren liebte man in England den Duft von Zimt, Ingwer, Nelken und Orangen zu Weihnachten, und so ist es bis heute geblieben.

Auch wenn uns in der Weihnachtszeit nicht unbedingt zuerst das Tanzen einfällt – die Engländer tanzten –, bleibt die Erinnerung an Jesu Geburt doch für uns ein Freudenfest. Manche der Lieder, die man 1647 in London heimlich singen musste, hören und singen wir immer noch und sie bewegen uns wie die Menschen damals.

Die folgenden Bücher waren besonders hilfreich zur Vertiefung in die Themen der Erzählung:

Andrew Bradstock: Radical Religion in Cromwell's England, I.B.Tauris, London/New York 2011

Georges Duby, Michelle Perrot (Hrsg.): Geschichte der Frauen. Band 3, Frühe Neuzeit, Haffmans & Tolkemitt, Berlin 2012

Christopher Durston, Jacqueline Eales (Hrsg.): The Culture of English Puritanism 1560-1700, Macmillan Education, New York 1996

Tara Hamling, Catherine Richardson: A Day at Home in Early Modern England. Material and Domestic Life 1500-1700, Yale University Press, New Haven/London 2017

Keith Thomas: In Pursuit of Civility. Manners and Civilization in Early Modern England, Yale University Press, New Haven/London 2018

Rudi Palla: Verschwundene Arbeit, Brandstätter Verlag, Wien 2010

Liza Picard: Restoration London. Everyday Life in London 1660-1670, Phoenix, London 2004

Alison Weir, Siobhan Clarke: A Tudor Christmas, Jonathan Cape, London 2018

Austin Woolrych: Britain in Revolution 1625–1660, Oxford University Press, Oxford/New York 2002

MIX
Papier aus verantwortungsvollen Quellen
FSC® C014496

1. Auflage 2019
Best.-Nr. 835239
ISBN 978-3-86334-239-5

Illustrationen Innenteil: Helen Lane / rogistok / Aleks Melnik / Shutterstock
Umschlaggestaltung: Mareike Schaaf unter Verwendung von Shutterstock
Satz: Uhl + Massopust, Aalen
Druck und Verarbeitung: GGP Media GmbH, Pößneck
Printed in Germany

www.adeo-verlag.de